새 라벨 술

애조연간(愛鳥年間)

애조주간(愛鳥週間)이란 매년 5월 10일부터 5월 16일까지, 야생새 애호를 위해 만들어진 일주일입니다. 애조주간의 원래 목적은 번식기에 들어간 야생새에게 피해를 주지 않게 배려하고 아울러 야생새와 그걸 둘러싼 환경에 대해 재확인하는 것입니다.

본편「길을 떠나는 날에」중에 마쓰다 씨는 다친 황조롱이를 구해준 축하의 의미로 소주「토리카이」로 건배를 합니다만, 어느 애주가 버드 워처에게 들은 바로는 일 년 동안 모은 새가 그려진 라벨의 술을 애조주간에 즐기는 거라고 하더군요. 확실히 새 그림은 다양한 술의 라벨에 사용되고 있습니다. 아쉽게도 황조롱이 술은 찾지 못했지만 몇 가지 술을 소개하겠습니다. 기한 한정의 술은 아니니 애주가라면 애조주간이 아닌 애조연간으로 즐겨봅시다.

이제부터 와인 외의 술도
소개하겠습니다.
하드 스피리츠 류에도
다양한 디자인의 라벨이 있거든요.

주식회사 미레짐
호주 와인
「데프 가라」

이 회사는 1998년에 국내 시장과 무역시장을 개척하기 위해 설립된 새로운 작은 와인 회사입니다. 데프(귀가 들리지 않는) 가라(호주의 큰 벼슬을 가진 대형 앵무새)는 밭의 마스코트로, 밭 주위에 있는 고무나무에 앉아 적으로부터 밭을 지켜주는 그 모습이 감시자처럼 보이는 것에서 이 새 그림을 라벨에 그리게 됐습니다. 이 와인은 이 토지만이 가진 독특한 자연의 특징으로 넘치고 있어 개성적인 새 라벨과 잘 어울립니다. 포도 품종은 시라, 메르로, 그르나슈, 카베르네 소비뇽의 잘 배합된 신선한 구조와 질감이 두드러집니다. 검정과 빨강의 베리의 풍미가 맛있게 섞여 있고 스파이스의 훌륭한 요소가 더해져 매우 주시합니다.

鳥ラベルの酒
새 라벨 술

페르노 리칼 재팬
「와일드 터키」

야생 칠면조 사냥을
하던 날을 기념해
보틀 디자인이
완성됐습니다.

산토리
「보우모어 더케스트」

아일라 섬의
바다를 의식한
디자인으로
갈매기가 그려져
있습니다.

鳥
ラベルの
酒

새 라벨 술

버칼디 재팬
「그레이 구스」

새 라벨의 술은
이게 전부가
아닙니다.
마음에 드는 걸
찾아 즐겨보세요.

메르샨 주식회사
「츠타구라」

프랑스 산
프리미엄 보드카.
깨끗한 이미지를
강조한 디자인.
새는 거위.

소주 「토리카이」와
마찬가지로
새를 나타내는 문자가
상형문자화 된 라벨로
기한 한정 판매하는
국산 위스키.

문의/ 각 수입처나 제조업체로 문의 바랍니다.
기획, 구성/ 오우에 에이지(주식회사 포말 인터내셔널)

21

바 - 레몬하트

후루야 미츠토시

Menu
21

PART.267

무라사키의 당신

「듀페레 바레라 마이 러브」

맨날 그런 생각만 하니까 그렇죠.

윽, 창피해!

「그 회사에는 어덜트 비디오 과도 있나요?」라고 물었더니 「오디오 앤드 비주얼」이라는 거 있죠?

명함에 AV라고 쓰여 있길래

어서 오세요.

저녁 늦게요.

아마 오시긴 할 거예요.

저기 혹시 안경 씨 안 오셨나요?

알겠습니다.

그럼 이걸 안경 씨께 전해주세요.

같이 전할 말씀은 없으신가요?

무라사키… 라고만 전해주세요.

무라사키의
당신인가…
되게 예쁘네.

여자
……

안경 씨,
여자가
왔었어요.

뭐?
무라사키?

그리고
무라사키라고
전해달라고….

이 와인을
두고
가셨어요.

그러
게요
....

왜 저러지?
와인을 들고
화장실에 갔어요.

마스터,
제일 독한
보드카
세 병만!

대체 어디에
쓰려고요?

보드카를
세 병
이나요?

화염병.

그러게요 ....

이거 보통 일이 아닌데요.

그러게요 ....

뭔가 이상해요.

어? 마스터, 이 와인 라벨…

My Love

2002

Vin de Pays du Gard

Vin non filtré mis en bouteille par:
VDB à 83160 Var France
Produit of France

12,5% Alc./vol.   750ml

듀페레 바레라 마이 러브

듀페레 바레라 마이 러브〈메모〉

수년 전 프랑스 잡지와 TV에서 화제가 된 레드와인.

라벨의 정중앙에 흰 여백이 있어 여자가 거기에 키스 마크를 찍어 남자에게 선물하는, 밸런타인데이에 딱 맞는 와인이다.

이 와인은 등급을 매기자면 드 페이(지역 와인)지만 전직 지질 엔지니어인 오너에 의해 좋은 토양에 좋은 고목을 고집하며 양조하고 있다고 한다.

특히 오크통은 로마네 콩티나 샤또 디껨에서 사용했던 최고급의 통을 물려받아 숙성에 쓴다고 한다.

받으면 두근거리는 로맨틱한 와인이라는 점이 최대의 무기이지만 그 맛도 꽤 훌륭하다.

이 라벨엔 키스마크가 없어요.

그런데

헤에~ 엄청 로맨틱한 와인이네.

뭔가 정보를 얻었다!! 그래! 틀림없어! 그거야!

그리고 이 라벨에서

이 와인 들고 화장실로 들어갔죠?

잠깐, 그러고 보니까 안경 씨 ……

레몬즙이라서 불에 그슬리면 글씨가 나타나는?

어때요? 내 추리가?

그러니까 이 여백엔 뭔가 러브레터 같은 게 쓰여 있는 거죠.

마스터, 이 라벨 그슬려 볼게요.

맞아요!! 분명해요!!

아쉽게도 그건 아니었나 봐요.

어? 아무것도 안 나와요.

화염병이네 뭐네 했으니까…

하긴…

그렇게 로맨틱한 게 아닌 것 같던데.

그리고 아까의 안경씨를 봐서는

째깍

째깍
째깍

핫

끼이

나도
술 좀 줘.

걱정 끼쳐서 미안.
아직 문 닫기
전이면

18

안경씨!!

……

그리고 와인 라벨에는 뭔가 비밀스러운 정보가 쓰여 있었고.

그 미인이 무라사키 씨죠?

설명해줘도 되지 않아요?

마쓰다 씨 말이 맞아요. 이번엔 정말 걱정 많이 했어요.

엄청 걱정했잖아요! 그냥은 못 넘어갈 줄 알아요!!

불에 그슬리면 나올 줄 알았는데…

그게 뭔 소리예요?

어? 무라사키가 암호라니

그 사람의 이름은 사토코… 무라사키는 그냥 암호야.

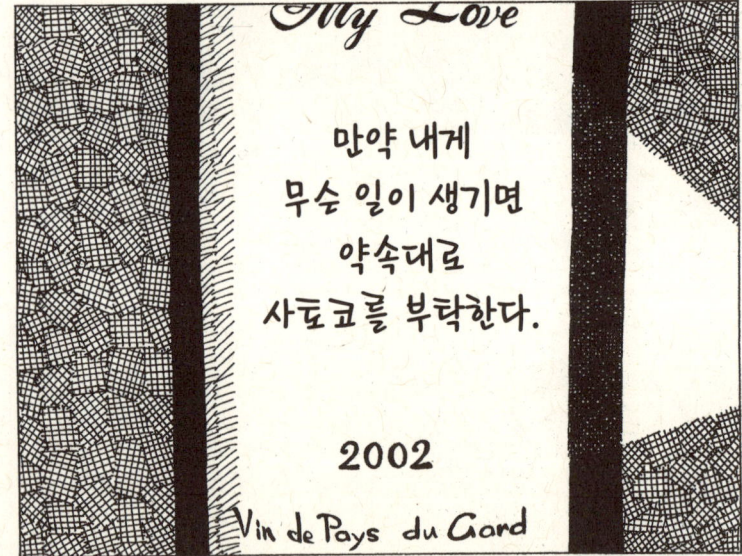

※작품 속의 펜과 라이트는 「일본 파인케미컬」 (전화 03.3241.0471 팩스 03.3243.1640)의 제품입니다. 학교 이과 시험 등에 쓰인다고 합니다.

친구의 위기를 못 본 척할 순 없잖아?

무라사키는 자외선 라이트의 암호야.

앗, 굉장해! 글자가 떠올랐어요.

이해해줘서 고마워, 마쓰다 씨.

그럼 전부 해결된 거죠? 어떤 사건인지는 물어봐도 말 안 해줄 테고…

그래.

그런데 그 펜 말인데요… 나도 비밀 암호 써보고 싶어요.

……………

뭐라고 쓸까?

자—

PART.268

13번째 온천

「베헤로프카」

나는 읽으면 즐거운 글을 간절히 원한다. 끝

인터넷 세상은 이름이나 얼굴을 밝히지 않아도 된다는 점에서 그렇게 쉽게 안 좋은 소리를 하는 듯하지만

넘쳐나는 과격한 발언에 놀라지 않을 수 없다.

인터넷 게시판을 보면

일하는 중이네….

어? 쿠리야마, 어서 와.

마쓰다, 있냐?

24

실은 의논 좀 하려고—

지금 막 끝난 참이야, 앉아, 앉아.

글도 쓰고 박학한 너라면 알 것 같아서.

나한테 의논?

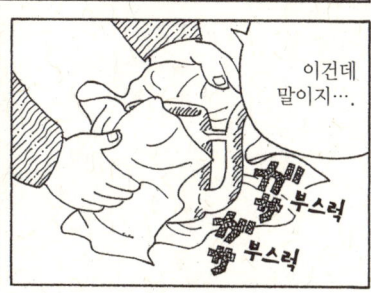

이건데 말이지….

부스럭

부스럭

얼마 전 어머니 유품을 정리하다 나왔어.

이게 뭔데?

구멍이 나 있네.

앗, 그러게 빨대 같이

그 빨대 같은 구멍으로 맥주를 마시진 않을 거 아냐?

비어머그처럼 보이는데?

마쓰다도 모르는구나….

보면 볼 수록 더 모르겠네.

그럴 리가 없나….

혹시 파이프?

그야 그렇겠지. 그런데 뭘 마시는 물건인지를 몰라서 궁금해 죽겠다 이거야.

여기 이렇게 구멍이 나 있는 걸 보니까 분명히 뭔가를 마시는 물건이긴 한 것 같은데—

응.

당장 가보자.

마신다고 하면… 그래! 레몬 마스터한테 물어봐야지.

27

역시 술을 마시는 도구인가요?

그래서… 이게 뭐죠?

응.

잘됐다, 쿠리야마.

역시 레몬 마스터야—

또 미궁 속에 빠지고 말았네.

아니에요? 난 영락없이 술인 줄 알았는데.

아니에요.

그것부터 설명해야 하는데 그래도 괜찮으시겠어요?

여기엔 꽤 많은 양의 지식이 숨어 있어요.

그 전에…

부탁합니다.

네, 경청할게요.

한 번도
….

아니요,
비행기를
무서워
하셔서

쿠리야마 씨,
어머니께서
외국여행을
좋아하셨나요?

무역회사에서
일하셔서
외국 근무도
하셨다고
들었습니다.

아버지는
일찍
돌아가셨는데

그럼
아버님은
….

카를로비
밸리?
거기 그렇게
쓰여
있으니까요.

외국
물건이라는 건
나도 알아요.

이건 아버님이
외국에 나갔다 오시면서
어머니께 사다주신
걸 거예요.

이제야
알겠네요.

그러죠.

알겠습니다.

그것만이라도
좋으니까
먼저 좀
가르쳐줘요.

마스터, 그래서
뭘 마시는 건지

이건 온천수를
마시는 컵이에요.

온천수라니,
온천 물을
마시는 컵이란
말씀이세요?

온천수?

이 컵에도 쓰여 있네요.
아버님은 분명히
이 마을에서 이걸
구하셨을 겁니다.

체코의 수도
프라하 근교에
카를로비 발리라는
온천 마을이 있어요.

저도 가 본 적은
없지만 사진으로는
일본의 온천과 많이
닮았더군요.

이 이름은 카를 4세의
온천이라는 의미로
600년 전 카를 4세가
발견했다고 해요.

이 온천은 물론 온천 목욕탕도 있지만

마시는 게 주류예요.

재미있는 온천이네요.

헤— 들어가는 것보다 마시는 게 주류라니

약학적으로도 연구가 활발했다고 해요.

콜로나다라고 불리는 장소가 12곳이나 있고

콜로나다 중에서도 유명한 브르지델니 콜로나다에는 실내에 72도의 간헐천이 있어 분당 2천 리터의 온천이 12미터나 뿜어져 나오고 있어요.

여길 방문한 사람들은
이 컵을 파이프처럼 물고
온천을 마시며
산책한다고 해요.

카를로비 밸리는
세계의 다양한 온천과
자매도시를 맺어서
마을 중에는 쿠사츠라고
쓰인 간판도 있어요.

거기다 온천 만주나
온천 센베이처럼
슈퍼 와플이라는
과자도 있답니다.

32

온천물도 드시고
온천에 몸도 담그며
만끽하셨을 거예요.

역시 아버지는
거길 가셨던
거군요.

이건
그 선물이에요,
분명히….

아버지가 동유럽에
계셨던 건
결혼 전이라고
들었어요.

선물하신
거죠.

그 기념으로
어머니께는
컵을

그리고 어머니는
그걸 이렇게 소중히
간직하셨고요.

덕분에 마음이
따뜻해졌어요.

고마워요,
마스터.

33

네?!

마스터, 그런데 그 온천 맛있어요?

어떤 맛일까 궁금하잖아요.

하지만 이런 컵까지 만드는 걸 보면

분위기도 좋았는데 고작 그게 궁금해요?

모처럼의 좋은 이야기에

맛없대요?!

확실히 말해 맛없다고 하더군요.

약이라... 좋은 약은 입에 쓴 법이니까요.

다들 약으로 마시는 거예요.

카를로비 밸리의 온천은 철분이 많아서 맛없대요.

34

13번째
온천?

그게 바로
13번째 온천이라
불리는 것이죠.

그런데
이 마을에는
명물이 하나
더 있어요.

두 분?

그걸
드셔보시겠어요

이거 겁나네요…
엄청 쓰면 어쩌지….

어? 그게
여기 있어요?

베헤로프카

베헤로프카〈메모〉

보드카를 베이스로 하고 20종류의 허브나 향신료로 만든 카를로비 바리의 명품 허브 리큐르.
1805년 보양을 위해 카를로비 바리를 찾은 영국인 의사 프로브릭이 그곳의 약제사 요셉 베헬 씨가 모아둔 많은 약초에 관심을 보여 두 사람이 공동으로 소화촉진용 리큐르로 개발했다고 한다.
레시피는 요셉 베헬 씨에서 아들 요한에게 지금까지도 비밀스럽게 전해지고 있다고 한다.
베헤로프카는 카를로비 바리의 13번째 온천이라 불리며 많은 사람이 즐기고 선물로 사갈 정도로 인기가 많다.
파리나 빈의 세계 콩쿠르에서 우승을 한 적도 있다.

그래요,
술이에요.

이, 이게 무슨
온천이에요.

일본에 수입되기 시작한 건
최근이라 생소할지도
모르겠네요.

200년 역사를 가진
허브 리큐르랍니다.

베헤로프카의
허브가 더욱더
두드러지죠.

록에 신선한
자몽을 넣으면

응, 정말 맛있어.

왜 13번째 온천이란 이름이 붙었는지 알겠어.

맛있다.

드세요.

나스트라비 (건강을 위하여!) 라고 해요.

체코에서는 건배를

아버지도 이걸 드셨을까….

나스트라비—!!

PART·268 END

PART.269

수상한 방문자

「바칼디 골드 럼」

앗!

유령치고는
너무 늦었는걸,
여름도
다 갔는데.

윽,
기분 나빠~
싫다~

마, 마스터,
아무도 없는데
문이 열렸어요.

어이,
들러붙지 마.
나 그런 취미
없어.

뭔가가
내 귀를
스쳐갔어요!

으악!

파닥 파닥 !!

휘이잉— 응?

아니,
어두워서 잘은
안 보이지만
박쥐같아.

새인가? 진짜네, 뭔가가
들어온 것
같아요.

농담 마요. 박쥐?

박쥐…
싫어하십니까?

수상한 사람은 아닙니다.

어느 틈에!!

으악!

엄청나게 수상하다고요.

아니, 충분히 수상해요!!

거짓말, 완전 수상해!!

그건 그래.

하긴

네?

그쪽에 안경 쓴 분도 수상한걸요.

내가 수상하다면

이렇게 온 거죠.

혹시 내가 찾는 술이 있을지도 모른다는 생각에

왔습니다.

이 가게는 술이 무척 많다기에

*코모리는 일본어로 박쥐를 말합니다.

자기소개부터 하도록 하죠, 나는 이런 사람입니다.

그 전에 다들 수상하게 생각하니

어떤 술을 찾으시는 지요?

*코모리 오토코.

박쥐 연구소의

박쥐 연구소 소장 高守男

역시 마스터도 그렇게 말하는군요….

박쥐 연구소라니 신기하네요.

실례했습 니다.

코우 모리오 입니다.

「새 없는 마을에 박쥐」, 즉 마스터가 없을 때만 술에 대해 잘 아는 척 하는 그런 사람을 말해요.

무리도 아니죠. 누구든 「녀석은 박쥐같은 놈이다」 라거나

또는 괴기 영화에서 흡혈귀가 박쥐로 변신하거나 마녀와 관련이 있거나

낮엔 동굴에 살다가 밤이 되면 날아다니며 피를 빠는 흡혈귀 박쥐가 등장하는 탓에 일반적으로는 박쥐를 싫어하죠.

야행성인데다 쉽게 볼 수 없는 탓에 그 생태가 의외로 알려져 있지 않고

거기다 그걸 연구하는 학자도 적어서 박쥐는 아직도 수수께끼에 싸여 있어요.

흥미로운 사실을 알게 됐죠.

그런데 박쥐 연구를 하면 할수록

그런데 왜 하필이면 그런 박쥐 연구를 하는 거예요?

우선 박쥐의 종류는 세계에 966종이나 되고 일본에 사는 건 그 중 36종입니다.

박쥐는 일단 그 다양성에 놀랄 수밖에 없어요. 다시 말하면 일본의 육생 포유류의 3분의 1이 박쥐라는 거죠.

내가 지금 연구 중인 건 외과 수술 시 환자의 체온을 안전하게 저온으로 유지하기 위한 소형 박쥐의 동면 시스템의 메커니즘을 응용한 기술이에요.

박쥐를 과학적으로 살펴보면 항공역학, 전자공학, 의학 등의 다양한 분야에 응용할 수 있는 힌트가 담겨 있어요.

인간의 귀에는 들리지 않는 초음파를 이용해 주위의 상황을 살피는 반향정위 에코 로케이션, 그걸 모든 소익수아목은 사용하고 있어요.

또 심장병 환자 등이 복용하는 지혈제로 흡혈박쥐 수액 속의 항혈액 응고 인자가 주목을 받거나

소익수아목은 작은 박쥐라고 기억해두시면 됩니다.

실례, 박쥐 얘기만 나오면 흥분을 해서요.

에코 로케이션이네… 난 그런 전문용어는 잘….

소익수아목

집박쥐

긴날개박쥐

멧박쥐

멧박쥐, 긴날개박쥐, 집박쥐 등이 바로 그겁니다.

46

동물.
즉, 포유류죠.

새는
아닙니다.

박쥐는
새인가요
동물인가요.

죄송하지만…
유치한
질문인데요…

날개의 골격을
보면 알 수
있어요.

박쥐가
새가 아니란
증거는

포유류인 채로
하늘을
날아버렸다는
점이에요.

박쥐의
대단한 점은

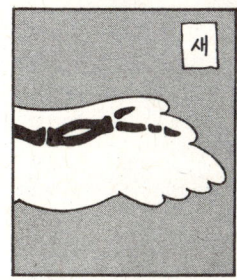

새

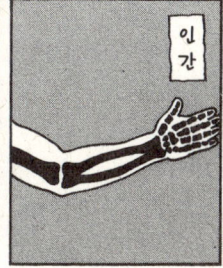

인
간

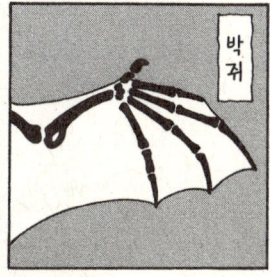

박
쥐

그랬다는
이야기가
오해를
불렀네요.

새와 동물이
싸우는데 박쥐가
이쪽에 붙었다
저쪽에 붙었다

인간의
손가락뼈에
피막을
씌운 게
박쥐의
날개예요.

이걸 보면
우리 인간과 같은
포유류라는 걸
잘 알 수
있습니다.

47

쿠짱과 키짱이 꼼지락대기 시작했어요.

이런, 얘기가 길어졌네요.

앞으로 혹시 박쥐와 마주치면 좋은 눈으로 봐주세요.

여러분

내 귀여운 아이들이 여기 있답니다.

키킥,

혹시 그 망토 안에…

쿠짱, 키짱?

술이요….

박쥐 마음에 드는

이 아이들 마음에 들 만한 술입니다만…

마스터에게 부탁하고 싶은 술은

레몬하트 개점 이래 최대의 난문이네요….

잠깐만 기다려주세요.

흠, 그건 뭐죠?

타카 씨가 드시고 싶은 술이라면 알지만요.

앗, 라벨에 박쥐 마크가!

꼭 마셔보고 싶군요.

이런 술이 있다니….

바칼디 골드 럼

49

오오, 이거 맛있는데요.

바칼디 다이키리라는 칵테일입니다.

바칼디 다이키리 레시피

칵테일 글라스에 따르기 / 셰이크 / 그레나딘 시럽 ‖ / 라임 주스 1/4 / 바칼디 럼 3/4

박쥐가 이걸 마신대도 전혀 이상할 게 없다.

곤충뿐 아니라 과일을 먹는 박쥐도 있다. 바칼디 다이키리는 그레나딘 시럽을 사용한 칵테일, 그레나딘은 석류로 만든 리큐르이니

쿠짱과 키짱이 마시고 있어요!! 마음에 드나 봅니다.

앗, 마스터—

PART·269 END

PART.270

여길 파세요, 원더풀

「글렌모」

하야시다
씨네…

어…

뭘 하시는
거지?

*하나사카 지지, 花咲か爺, 일본의 민화. 보물을 잘 찾는 개와 착한 노인이 등장한다.

혹시 그러면
난 현대의
*하나사카 지지가
될지도 모릅니다.

마스터,
이 아이는 어쩌면
천재일지도
몰라요.

네,
그래요.

훈련
이요?

그렇지, 오늘 저녁
가게에 들를게요.
답은 그때까지의
즐거움으로
미뤄둡시다….

아니, 아니~
마스터라면
알 거예요~

전혀
모르겠어요.

네? 무슨
말씀이신지

뭐 어때,
난 그편이
더 편한데?

안경씨, 너무하지 않아요?
우리 같은 소중한 단골을
내팽개쳐두고 마스터가
계속 허공만 보고 있어요.

음

그리고
그날
저녁

그리고 보니
「잘했어,
페리고르.」라고
했지….

그냥 지면의
냄새만
맡은 게
전부잖아….

훈련이라더니…
원반을
던진 것도
아니고…

음—

힌트는
강아지 이름,
페리고르였어!

알았
다!

그래!

핫

오늘
공원에서
뺐거든요.

실은
우리 손님 중에
하야시다 씨를

아,
미안해요.

도통 뭐가 뭔지
알 수가 없네.

마스터,
대체 무슨
얘기예요?

무슨
훈련
이요?

훈련?

강아지
훈련 때문에
바쁘셨대요.

그러고 보니
요 몇 달
통 안 보이네.

아, 그
할아버지?

알아
냈어요.

그래서 무슨
훈련인지
알아냈군요?

계속 생각한
거예요.

그러니까 그 훈련이
뭔지 하야시다 씨가
문제를 내서서

바보 강아지라
초보적인「손」부터
가르치고 있었다.

때앵─

「기다려」를 해서
몇 분 참을 수
있는지, 그런
훈련이었다!

잠깐만요,
나도 맞춰
볼래요.

그 강아지는
「트뤼프 찾기」
훈련을 하고
있었다.

내가
맞춰볼까?

페리고르는
프랑스의
흑트뤼프
명산지니까.

마스터가
큰소리로
페리고르라고
했잖아.

안경씨
어떻게
아셨어요?

딩동댕~
맞아요.

56

아직 하야시다 씨한테 답을 들은 것도 아니잖아요.

역시 안경씨~ 명답입니다!!

트뤼프 찾기 훈련 이겠지.

강아지에게 그런 이름을 붙여주고 훈련이라고 하면

이 정도쯤이야.

오~ 마쓰다 씨가 그런 것도 아네.

거기다 트뤼프는 원래 암퇘지가 찾는 거 아니에요?

그래서 요즘은 훈련한 개를 쓴대요.

바로 먹어버려요.

그게 말이죠, 돼지는 트뤼프를 좋아해서 발견하면

하야시다 씨, 어서 오세요.

안녕하세요.

그 강아지와
함께 트뤼프를
찾으실
예정이에요.

하야시다 씨는
조만간
프랑스에
가시고

문제는
푸셨나요?

역시 그게
정답인가.

역시
마스터야,
정답
이에요.

그런데
프랑스에는
안 가요.

이 아이에게
찾는 훈련을
시켰어요.

난 일부러
내가 산 트뤼프를
공원 여기저기에
묻어두고

마시면서 천천히
얘기하죠.
나도 누군가에게
얘길 하고 싶던
참이니.

기네스
부탁
해요.

네?
전 프랑스 페리고르에
가시는 줄 알았는데요.

58

이 온도가 정말 최고라니까요.

이야~ 역시

꿀꺽 꿀꺽

네, 맞아요.

너무 찬 기네스를 내놓는 가게가 많은 건 일본인이 찬 맥주만 마시기 때문이죠?

네, 지쿠호의 다가와군 카와라라는 곳이에요.

규슈 후쿠오카현이라고 하셨죠?

사실은 말이죠, 프랑스가 아닌 내 고향으로 돌아가요.

트뤼프는 일본에도 있어요.

시골로 돌아가시는 것과 트뤼프 찾기에 무슨 관계가….

카르스트 대지에 있는 활엽수 옆에 자라요.

트뤼프라는 버섯은

네에~?!

흑트뤼프를 아홉 개나 발견했어요.

작년 야마구치현의 아키다이요시에서 탁구나 골프의 아이짱이 아닌 래브라도 견인 아이짱이

발견한 게 돼지가 아닌 강아지라니 배로 놀라워요.

일본에서 트뤼프를 딸 수 있다는 것도 놀랍지만

우리 고향 마을에는 카와라산이라는 세 봉우리가 이어진 산이 있는데…

석회암 덩어리로 된 지형을 말해요.

그런데 카르스트 대지가 뭐죠?

본격적으로 찾기 시작한 듯하더군요.

그곳에서는 지역 발전을 위해 트뤼프를

첫 번째 산은 깎여 시멘트가 되고 말았지만 두 번째, 세 번째 산 주위에는 활엽수가 무척 많아요.

아키다이요시에 지지 않는 석회암 덩어리죠.

응~ 왠지 꿈이 담긴 얘기네요.

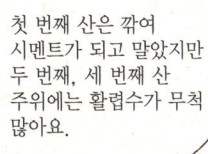

나는 고향을 활성화 시키고 싶어요.

그래요, 나는 확신해요.

그럼 하야시다 씨는 그 산에 트뤼프가 있다고 보시는 거예요?

저한테 맡겨주세요.

하야시다 씨, 기네스 다음은

로망이 필요 하니까.

남자는 몇 살이 되든

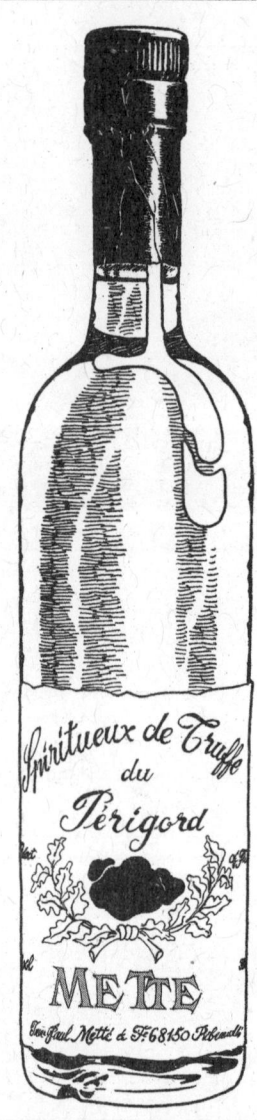

스피리튀에 드 트뤼프 뒤 페리고르

스피리튀에 드 트뤼프 뒤 페리고르〈메모〉

아르자스의 독창적인 증류가 장 폴 메테가 만들기 시작한 다양한 오드비 중 하나. 한 병에 30g의 페리고르산 검은 트뤼프를 사용한 귀중한 술이다.

생산량은 연간 2백 리터라는 극히 적은 양으로 파리의 최고급 레스토랑이 대부분을 사들인다. 스웨덴 국왕도 이 술의 굉장한 팬이라는 소문이.

그 외에도 향초나 커피 원두 등 뭐든 다 넣어 80종류나 되는 오드비를 만들고 있는데 전부가 식후주로 높은 평가를 얻고 있다고 한다.

제법은 통상의 프랑보와즈의 오드비들과 같지만 재료면에서 스피리튀에로 표기하도록 규제를 받고 있다.

장 폴 메테라는
사람이 만든
페리고르산 트뤼프를
아낌없이 사용한
오드비예요.

거의 다
사들이는
흔치 않은
술이거든요.

얼마 안 되는
파리의 고급
레스토랑이

처, 처음
들어…

뭐?!
트뤼프가
들어간
오드비라고?

그런 술을
우리에게
…

그런
귀중한
술을
나한테….

앗, 마스터가
우리를 무시하고
있어.

...

신
난다—

두 분께도
드려야죠.

걱정 마요.
모리타 씨의
새 출발을
축하하는
자리이니

드세요.

꿀꺽
꿀꺽

트뤼프향인지 뭔지 모르겠어요…

난 트뤼프 먹어본 적이 없어서

정말 트뤼프 향이 나네.

오—

멍멍

발딱

…

지금까지 얌전히 자고 있던 강아지가 이 향에 깼잖아.

마쓰다 씨, 봤어?

멍멍

오오— 역시 넌 트뤼프 향을 아는구나.

꿀꺽

남자는 원래 조용히 마시는 거예요.

내가 마셔본
오드비 중에서도
단연 넘버…

음— 이거
굉장하군요.

홀짝

왕!!

하하하하하하하

페리고르가
마무리까지 해주네요.

PART.271

마음을 잇는 6펜스

「하이랜드 파크 25년」

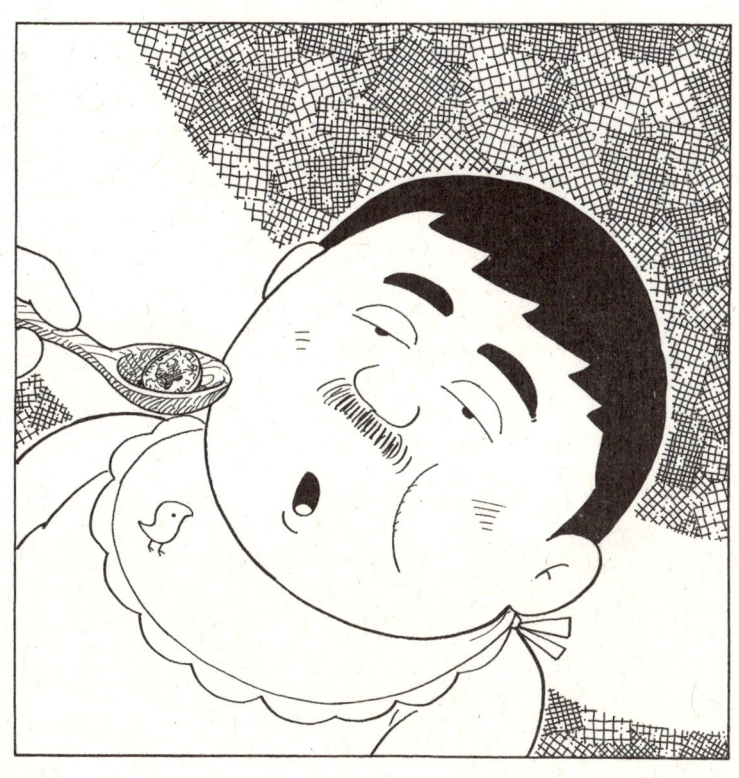

처음 뵙겠습니다. 오카다입니다. 작은 무역 회사에 근무하고 있어요.

마스터한테 의논하고 싶은게 있어서 데려왔어요.

마스터, 내 친구 오카다예요.

어서 오세요.

알겠습니다.

응, 그럼 바스 펠 에일을…

맥주라도 마시면서 천천히 풀어봐.

스코틀랜드 사람이죠.

아니요, 남자예요.

상대는 여자분 이신가요?

의논하고 싶은 게… 사실 선물을 뭘로 하면 좋을지 고민 중이거든요.

좋은 생각이긴 하지만….

그 스카치의 본고장에서 오신 분께 스카치를 선물하시려 고요?

스코틀랜드라면 스카치의 본고장이니 당연히 마스터에게 물어봐야지.

흐음
....

이름은
로버트 퍼스라는
영국 회사의
일본 주재원이에요.

그게 아니에요,
일단 순서대로
얘길 해볼게요.

알고
지낸 지
벌써 3년
됐네요.

제가
영국에
일하러
갔을 때
만나

지금 일본에
있는데

유머러스하고
성실한, 저로서는
계속 알고 지내고
싶은 친구예요.

맞아
요.

그래요,
마스터?

영국에선
은스푼이 아이가
태어났을 때의
대표적인
선물이라면서요?

작년 제 아이가 태어났을 때
로버트에게 멋진 은스푼
세트를 선물 받았어요.

그건 유복하게
태어나거나
평생 고생 없이 살라는
축하의 의미예요.

즉, 은스푼을
입에 물고
태어난다…

Born with a silver
spoon in one's mouth.

뭔가 로버트가 기뻐할 만한 게 없을까 해서요…

같은 걸 주자니 너무 성의 없는 것 같고…

그리고 올해 이번엔 로버트의 아이가 태어났어요.

그러니까 스캐퍼나 하이랜드 파크나

오크니에는 좋은 몰트가 많잖아요.

오크니 섬이라고 했어요.

로버트 씨는 스코틀랜드의 어디 출신이시죠?

그럼 스카치에 대해서도 까다로우실 텐데

스카치의 본고장 출신인걸.

그야 그렇겠지.

네, 무척 좋아해요.

로버트 씨 술 좋아하세요?

음─

거기다 아이가 태어난 축하 메시지가 없는 것도 마음에 걸리고요.

그런 분께 하이랜드 파크를 선물해봐야 [그리운 고향의 맛] 정도일 뿐 별 감동은 없을 것 같네요.

조용히 좀 해요!

마스터에겐 너무 어려운 문제였나?

아까부터 끙끙대기만 하고 뭐예요.

음

만약 있다면 굉장한데~

그래서… 그런 게 있어요?

아기의 탄생을 축하하는 메시지까지 담긴 게 뭐가 있을까 생각하느라 그랬어요.

로버트 씨를 감동시키고

나한테 불가능은 없어요!!

성공이다—!!

있어요!!

가장 먼저 ……

그건 세 개 세트예요.

그래서… 뭔데요?

하이랜드 파크 25년

하이랜드 파크 25년 〈메모〉

오크니 제도의 중심. 메인랜드의 커크웰에 있는 세계 최북단(북위 59도) 증류소가 바로 하이랜드 파크이다. 그 주질은 19세기 후반부터 명성을 드높여 현재까지도 평론가 마이클 잭슨도 「모든 몰트 중에서 가장 대중적이고 뛰어난 식후주」라며 떠들 정도이다.

하이랜드 파크의 개성은, 증류소 독자적인 피트에서 플로어 몰팅을 행해 그 스모키함은 아일라의 몰트와는 전혀 다르다고 한다.

25년의 것은 오피셜에서 유일하게 카스크 스트렝스(오크통 추출주)로 입에 닿는 느낌은 53.5도라고는 생각할 수 없을 정도로 부드럽고 뒷맛은 강렬하고 길다. 실로 맛있는 술이 아닐 수 없다.

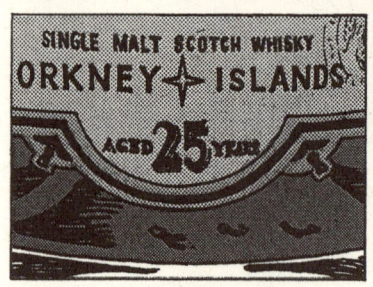

1엔짜리 동전?

다음은 이거예요.

나머지 두 개는 뭐죠?

아까 세 개 세트라고 하셨죠?

영국에선 여러 의미로 행운의 물건으로 여겨져요.

1엔짜리 보다 조금 작지만

6펜스 은화입니다.

이걸 오카다 씨에게 드릴게요.

이건 1901년 것인데…

그리고 보니 「마음을 잇는 6펜스」라는 영화가 있었죠?

고맙습니다.

*마음을 잇는 6펜스

주문이랄까 그런 게 있었던 것 같은데.

머더구스에도 신부를 행복하게 하는

행복은 돈이 아니라는 테마였죠.

그래요. H. G. 웨일즈의 소설이 영화로 만들어진 것으로

Something old,
Something new,
Something borrowed,
Something blue,
A lucky Sixpence
for your shoe!

~olde nuptial rhyme

뭔가 오래된 것, 뭔가 새로운 것, 뭔가 빌린 것, 뭔가 파란 것, 그리고 6펜스 은화.

역시 라이터 마쓰다 씨! 맞아요.

이거 예요.

마지막 하나는 뭐예요?

하이랜드 파크와 6펜스 은화

마지막은 일본을 대표해 벚꽃나무 스푼이에요.

그건 나무 스푼?

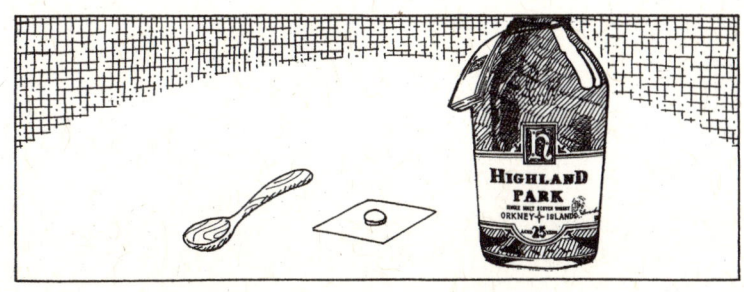

마스터,
이 세트에
무슨 의미가
있죠?

저도 전혀
모르겠어요.

스카치
하이랜드 파크 25년,
이어서 6펜스 은화,
그리고
벚꽃나무 스푼.

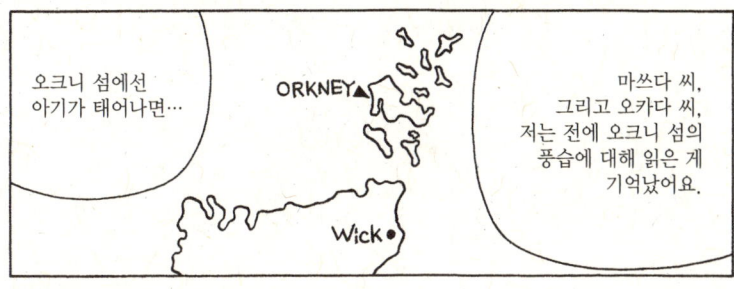

ORKNEY▲

Wick●

오크니 섬에선
아기가 태어나면…

마쓰다 씨,
그리고 오카다 씨,
저는 전에 오크니 섬의
풍습에 대해 읽은 게
기억났어요.

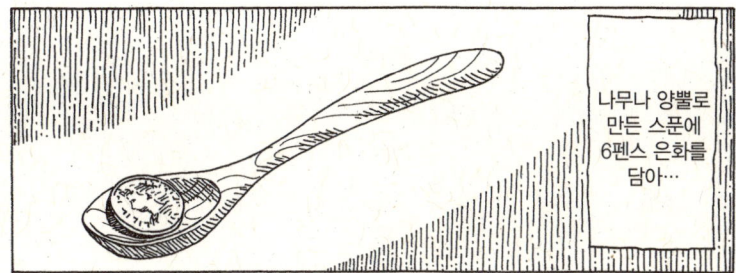

나무나 양뿔로
만든 스푼에
6펜스 은화를
담아…

그걸 아기에게 마시게 한다고 해요.

위스키를 한두 방울 떨궈…

이 세트를 선물하면 어떨까요?

그때 반드시 「Gid save hid=God save it.」 즉, 「신이시여, 이 아이를 지켜주소서」라고 말하면서 말이죠.

이거야 말로 최고의 선물이에요!! 로버트도 분명히 기뻐할 거예요!!

마스터, 고마워요! 정말 훌륭해요!!

그리고 며칠 후

나도 마음에 들었을지 걱정이에요.

어땠는지 얘길 못 들었더니 궁금해 죽을 것 같아요.

오카다 녀석… 선물 잘 줬는지 모르겠네….

안녕하세요.

여러분, 반갑구먼.
난 로버트라고 혀.

마스터, 소개할게요.
이쪽이 내 친구
로버트 퍼스예요.

사투리?

마스터,
장사 잘
되는감유?

공부 합시다!
이사는 우리에게!

오사카에서 지내서
가끔 사투리가 나와.

응,
줬어.

그런데 그 선물은
잘 전해줬어?

일본에 오크니의
오랜 풍습을
아는 사람이 있다니
정말 깜짝 놀랐어요.

오오—
나 감격했어요.

그래요.
그래서 내가
술을 겁나게
좋아하지유.

실은 로버트도 아기 때
6펜스 스푼으로 위스키를
마셨대요.

은화는
흔치
않다고
해요.

요즘 건
백동화
(白銅貨)고

지금은
구경하기도
손에 넣기도
어려운 거예요.

그리고 그
6펜스 은화도
진짜더군요.

역시 그렇구나.

나는 오크니에서 태어났는데 하이랜드 파크 25년은 마셔본 적이 없어요.

그리고 하나 더!

안타깝게도 그게 마지막 병이었어요, 죄송합니다.

또 그거 마시고 싶어요—

정말 맛있었어요.

정말 유머러스한 분이군요.

그렇군요. 그럼 마쓰다 씨처럼 우롱차와리라도 마셔볼까요.

PART·271 END

PART.272

새벽의 선물

「레인보우 오일(오일)」

무슨 소리예요.
가끔은 햇볕도 쐬고 그래야지
안 그러면 몸 상해요.

후아암… 졸려 죽겠네.
아침부터 깨워서 산책을 가자니
이게 웬 민폐람.

창을 열었더니
학교에서 하교 음악이
들리더라고요….

어제도
오후 5시정도에
일어났거든요.

그러고 보니
해 구경하는 거
정말
오랜만이에요.

밤낮이 바뀐
생활을 해서
그래요.

그거 듣고 있었더니
엄청 쓸쓸해지는 거
있죠?

「자, 이제 집에 갑시다.
내일도 즐거운 날이
되기를」이라면서!

그래서 이렇게 산책하는데 데려왔잖아요.

그게 다 레몬하트 때문이에요. 심야까지 영업하고 그러니까.

저쪽 이에요.

그리운 냄새~

진짜네. 오랜만이네요.

어? 낙엽 태우는 냄새가 나네…

쿵쿵

저기다.

언제는 소방차가 온 적도 있었어요.

연기가 올라가면 불이 난 줄 아니까요.

그런데도 마음대로 피우면 안 되나요?

하지만 여기 영감님 사유지 아니에요?

요즘은 캠프파이어도 못하는 캠핑장도 늘어가고 있다고 하니까요.

그래서 통 볼 수 없게 된 거군요.

모닥불도 그렇게 쉽게 피울 수 있는 게 아니구나.

진짜 불이네요. 좋네요.

앗, 마스터! 불이 보였어요, 불이.

포옹

가만히 보고 있으니 마음이 깨끗해지는 것 같아요.

그런데 이런 모닥불의 불은 왜 이렇게 마음이 설렐까요.

그러고 보니까 요즘은 가스 불이나 100엔짜리 라이터불 밖에 못 보네.

옛날 행사에는 신이나 부처님과의 사이에 불이 중요한 역할을 했으니까요.

인간은 오랜 옛날부터 불을 소중히 다뤄 와서 그런 거 아닐까요.

특히 지금 아이들은 모닥불 경험 없이 그대로 어른이 되어버리니까요.

그런데 모닥불을 즐길 환경이 점점 사라지다니 정말 안타깝네요.

하긴~ 화톳불도 그렇고 우란분재 때도 불을 쓰고요.

관리를 중시하는 주의라면 쉽게 승낙하지 않겠죠.

선생님들이

가능할까요?

교정에서 모닥불을 피우는 건

학교에서 하면 좋을 텐데.

그러게 말입니다…

메마른 세상이니까요.

운동회도 시끄럽다며 신고하는 사람이 있는

체험학습으로 불을 피워볼 수 있으면 애들도 좋아할 텐데—

말이 나온
김에…
실은 준비돼
있답니다.

불을 쬐자, 불을 쬐자,
얼었던 손이
벌써 간지럽구나~
라면서요.

그렇게 생각하면
「모닥불이다, 모닥불이다, 낙엽 모닥불」
이라며 노래하며 고구마를 굽던
소년시절이 참 좋았어요….

드세요,
드세요.

엣, 저희가
먹어도 되나요?

앗,
군고구마다….

역시 모닥불에는
군고구마가
빠질 수 없죠.

응, 정말
맛있네요.

잘 먹겠
습니다

호오,
BAR라고요?
꼭 가보고
싶군요.

제가 레몬하트라는 BAR를
운영하고 있는데 괜찮으시면
초대하고 싶습니다.

저기… 모닥불과
군고구마의 대한
감사의 의미라고 하기엔
뭣하지만

해 좀 쬐라고
깨웠는데
불을 쬈네요.

고마워요.
「일찍 일어난 새가
먹이를 잡는다」는 말이
맞네요.

마스터 덕분에
즐거운 시간을
보냈어요.

그리고
그날 저녁

감사합니다.

호오,
조용하고 아주
좋군요.

술도 이렇게 많으니
뭘 마셔볼까.

그럼…

에?

술을
드시기 전에
잠깐 할 일이
있어요.

레몬하트를 시작한 이래
처음으로 술이 아닌
보틀을 보여드리죠.

여기서 술 보틀을
짠~ 하고 보여드리는 게
레몬하트 스타일입니다만

レインボーオイル

MURAEI
Ultra Pure
RAINBOW OIL
for Lamp Light
LUNAX

オイルランプ専用
1000 mℓ

레인보우 오일(오일)

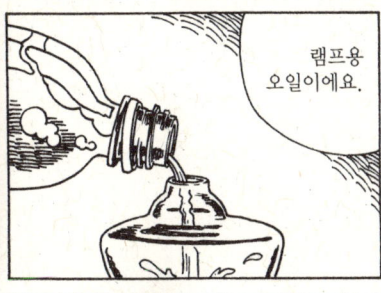

부끄럽습니다.

모닥불에 대한 답례로 이보다 더 훌륭한 게 또 있을까요.

이것이야말로 인류가 본 첫 오브제인지도 모르겠습니다.

흔들리는 작은 불꽃을 보고 있으니 좋은 추억만 떠오르는 건 왜일까요….

이 불을 조금만 더 감상하고 그리고 주문할게요….

그럼 술은 뭘로 드릴까요.

PART·272 END

PART.273

세상에서 가장 위험한 술

「뱅 위 3년 블루델프트」

어서
오세요.

살인마
잭이라도
나타나는 거
아니에요?

안개가
굉장한걸.
꼭 런던에
있을 때 같아.

이상하지 않을 저녁이야.

그나저나 유령이 나타나도

그랬 나요….

화제로 삼기엔 너무 오래되지 않았어?

끼익

다리는 있어….

……

저기…

자, 우선 이 수건으로 옷부터 닦으시고 편한 곳에 앉으세요….

그럼 곧 오실 거예요.

저… 저랑 여기서 만나기로 했는데….

마쓰다 씨는 아직 안 오셨 나요.

보아하니 저 빗속에서 두세 시간은 기다린 거 같지 않아?

……

마쓰다 씨가 오실 때까지 여기서 기다릴게요.

아니요, 괜찮습니다.

데구치, 왔어?

콰앙!!

서… 선배.

미안, 미안. 내가 너무 늦었지?

으… 흑….

마스터한테 수건 빌려서 물부터 좀 닦자.

바보 같은 소리 말고

으… 흑… 저 정말 죽고 싶어요.

다 젖었잖아?

어떻게 된 거야?

후우ー

문질 문질

실은…

대체 무슨 일이야?

갑자기 재채기가 나와서

단골 앞에서 이야기를 하다

영업 성적이 워낙 안 좋으니 무리해서 일을 했거든요.

한 달 정도 전에 여름 감기에 걸려서 회사를 쉬고 싶었는데

회사에서는 웃음거리가 됐어요… 으흑.

과장님한테 엄청나게 혼나고

저런…

성사 직전이던 계약이 다 무산되고 말았어요.

콧물이며 침이며 그 고객 등에 다 묻는 바람에

미안,
미안.

서,
선배!!

그거 꽤
괜찮
은데?

코찔찔이
라~

아직까지도 회사에서
코찔찔이라고
불릴 정도예요.

이번엔….

설사는
어떻게 낫긴
했는데

알았어,
알았어.

거기다 신경성 설사까지
오는 바람에 물 같은 게
5분에 한 번씩….

여자친구에게
차, 차였어요.

네, 아직
안 끝났어요.
바로 세 시간
전에

뭐야? 아직
안 끝났어?

아이고,
저런….

헤어지자고….

저를 만나고
있으면 자기까지
어두워진다며

여,
여자친구도
있었냐….

저, 저 정말 죽고 싶어요.

선배!!

여자친구도 너무하네.

회사 사람들도 너무하지만

선배, 저는 이제 살아갈 희망도 꿈도 전부 사라졌어요.

허 이 익

에이― 더 못 들어주겠네! 거기 팔자 좋은 친구!

네 옆의 마쓰다 선배는…

여자한테 차인 정도로 질질 짜고 말이야…

그렇게 죽고 싶으면 죽으면 되잖아?

안경씨 우리 얘기에 끼어들지 마요.

대체 몇 번을 죽으란 거야?

여자 없는 경력 수십 년

101

죽을 근성이나 있을 것 같아?

죽는 소리 하는 녀석들이

이런 응석쟁이를 동정해서 뭐하려고?

마쓰다 씨도 그러면 못써.

이 세상에서 제일 위험한 술?

이 세상에서 제일 위험한 술을 말이야.

어이, 응석쟁이 친구!! 그렇게 죽고 싶으면 이 형님이 한 턱 쏘지!

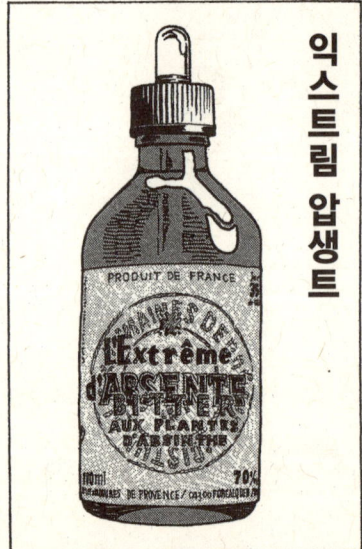

익스트림 압생트

마스터, 그거 한잔 줘.

그거요 …?

103

제, 제가 너무 징징댔나 봐요.

요, 용서해 주세요.

코 막아, 내가 먹여줄게.

내가 쏜다니까, 사양 마.

남자라면 이제 남들 앞에서 쉽게 죽네 어쩌네 하지 마.

알았으면 됐어.

죄송 합니다!!

반성하고 있어요.

그런 걸 팔아도 되는 건가 싶은데….

마스터, 그 술에 그런 독이 있다는 게 정말이에요?

네, 이제 절대 안 그럴게요.

향쑥이라는 식물의 성분 중에 튜존이라는 거예요.

압생이나 압생트라는 술의 독성은

그럼 익스트림 압생트에 대한 알짜지식을 살짝—

마쓰다 씨 의문에 답해드릴게요.

극소량은 문제가
없다는 이유로
2, 3년 전부터 다시
만들어지게 됐죠.

즐겨 마시던
예술가들이
죽은 것도 그렇고
이 술은 오랫동안
만드는 게 금지돼
왔어요.

각설탕에
적셔 마시는
약용주예요.

그런데
이 익스트림
압생트는

단, 튜존 농도는
10ppm까지라고
정해져 있어요.

쓴 맛을 내는 비터즈로 뚜껑에
스포이드를 달고 많이 마시면
안 된다는 주의사항을 첨부하면서
높은 농도도 허가받게 됐다고
얘기를 들었어요.

혹은 아까
안경씨가
말씀하신 것처럼

아니에요. 그 농도의
진위는 그렇다 치고
튜존의 농도는
극소량이라 독이라는 건
농담이에요.

많이
마시면……!

그럼 역시

이제 죽는다는 소리는 안 할 거예요.

그래도 왠지 마음이 편해졌어요.

안경씨 특기의 블랙 조크였다 그거군요.

그랬구나.

네, 부탁드릴게요.

형씨, 한 번 마셔볼래?

기운 내는 데는 진이 좋지.

골라줘.

마스터, 기운이 팍팍 나는 진을

맡겨주세요.

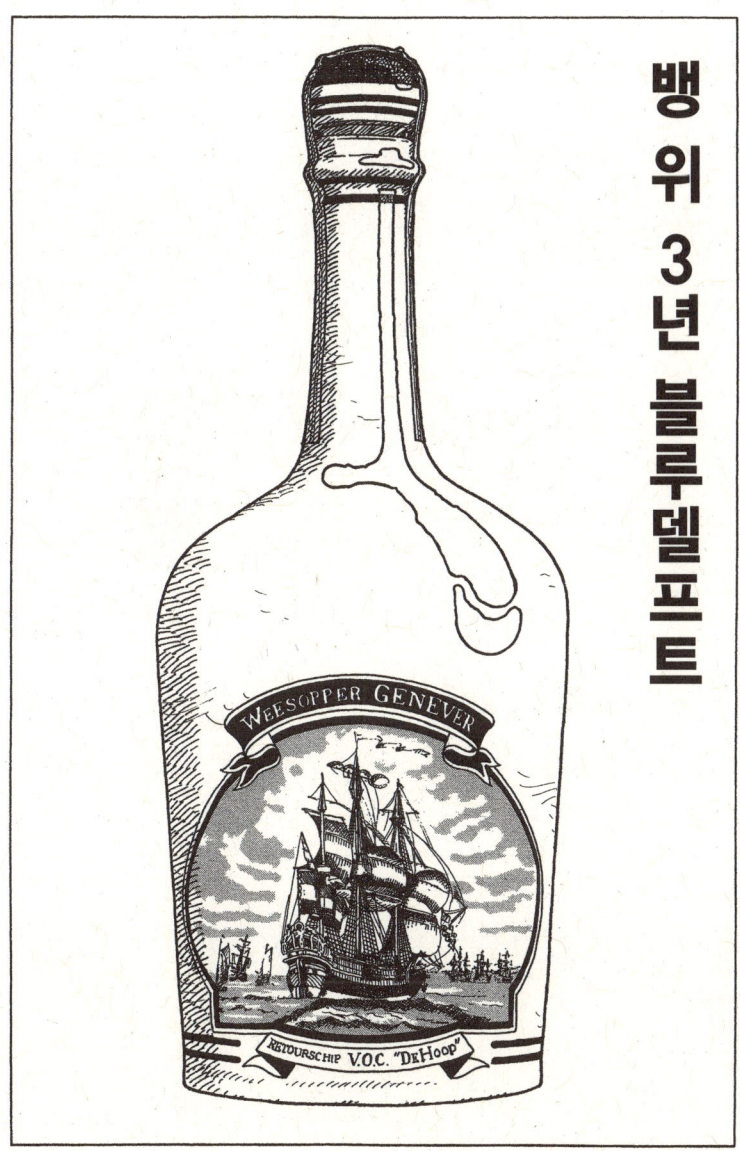

뱅위 3년 블루델프트

뱅 위 3년 블루델프트〈메모〉

1782년 창업 당시부터 지금까지 옛날의 수제 제조법을 고집 있게 지켜온 네덜란드 진이다.
우선 곡물을 양조해 몰트 와인을 만들어, 거기에 약초를 몇 종류나 섞어 증류한다. 몇 번인가
증류해 50도 정도 된 것을 오크통에서 숙성시킨다. 그 상태를 확인하며 몇 년의 숙성을 거치
며 부드러운 맛을 만들어간다고 한다.
런던 드라이진과는 전혀 다른 맛으로 보리의 향을 느낄 수 있는 그리운 맛이다.
블루델프트란, 에도 시대의 델프트 자기를 복각한 병으로 특유의 파란색이 무척이나 아름답다.

마스터, 베스트 초이스야.

대대로 내려온 고집 있는 수작업 진이에요.

가끔은 네덜란드 진도 괜찮죠?

알겠습니다.

진&비터스처럼 마셔보고 싶어.

난 아까 익스트림 압생트를 조금 넣어

그리고 조심스레 진을 따른다.

압생트를 글라스 전체에 묻힌다.

딩굴

토욱

핑크진이 아닌
그린진이네.

오오

……

내가
처음 마신
독맛이라는
녀석이야.

으윽!

홀ㅡ짝

역시
이 녀석은…

PART·273 END

하늘의 물방울

「프로비던스 프라이빗 리저브」

딱 한 번
왔는데….

아— 마스터,
기억해주시는군요.

미나코 씨도
잘
지내시나요?

야마시타 씨
맞으시죠?

물론이죠.
저는 한 번 뵌
손님은 반드시
기억하거든요.

코이즈미
신고
지만요…

지금은
야마시타가
아니라

그런 걸 말하면
어떻게 해요.

아까 내 메모
본 주제에.

마스터, 또
자랑질이나
하고…

미나코도
부모님께
조금이나마
효도를 할 수
있고요.

미나코가
외동딸이라서
데릴사위로
들어갔어요.

그럼?

왜
그러시죠?

그런데
….

114

우리 데릴사위님이 많이 힘드신가 봐용?

너무 일렀나 싶기도 해요.

혹시 괜찮으면 제 불평 좀 들어주시겠어요...?

괜찮아요, 대단한 고민도 아니고…

마쓰다 씨는 가만히 좀 계세요.

약해져 가는 것 같은 기분이 들어요.

결혼한 후로 매일 제 자신이

실은 …

술안주로 들어보도록 하죠.

돈을 모아 해외로 여행을 가자고 약속했거든요.

우리… 결혼 전부터 가능하면 매년

흐음….

그에 반해 아내는 날이 갈수록 강해져서….

115

이번엔 제 차례라고 생각하고 열심히 돈을 모았어요.

신혼여행은 이탈리아여서

……

그것도 교대로 각자 가고 싶은 곳으로 가기로 말이에요.

미나코가 이러는 거예요.

그랬더니 얼마 전

뉴질랜드에 가고 싶어서…

전부터 꿈이었던

어?

예외야.

신혼여행은 특별한 거니까

있지.

그러니까 유럽에 한 번 더 가자.

116

싸우면 절대 못 이길 것 같아서…

말하면 싸움이 될 것 같아서요.

약속했으니까 이번엔 내 차례라고.

거기서 분명히 말을 했어야죠!

밀포드 트랙이라고 아세요?

여러분, 뉴질랜드의

그게 포기를 못 하겠어요.

그럼 뉴질랜드는 포기하시려고요?

전체 길이 54킬로의 세계에서 가장 아름다운 하이킹 코스예요.

몇 십 개나 되는 아름다운 폭포가 있는 곳이죠.

낙차 580미터의 서던랜드 폭포를 시작으로

3박 4일로 거길 걷고 싶다.

그게 제 오랜 꿈이었어요.

키위요?
과일 키위?

그리고 키위도
보고 싶고요.

뉴질랜드의
국조예요.

아니에요,
날지 못 하는
새의
일종으로

싸움만은
하고 싶지
않아요.

주장을 해야
한다고 봐요,
남자니까.

그런 것보다
역시
싸워서라도

그 이름을
붙인
거예요.

과일 키위도
그 새를
닮았다고
해서

아이고,
두야~

그… 그건
미, 미나코를
사랑하니까요.

왜죠?

119

맛있는 와인이
있으니까 내일
미나코 씨와 함께
와주시겠어요?

저한테
좋은 생각이
있어요.

무슨 말씀
이신지
잘 알았
습니다.

네! 꼭 좀
부탁드릴게요!

그 와인이
바로
이겁니다.

기뻐요~
마스터가 와인을
추천해주시다니~

다음 날

프로비던스 프라이빗 리저브 〈메모〉

제2의 르팽이라고 불리는 프로비던스 프라이빗 리저브는 1990년에 처음 심어져 첫 빈티지는 1993년이다.

베르테치 씨는 그때 이미 자신이 원하는 수준의 포도에 도달했다는 걸 직감했다고 한다. 겨우 3년 만에 세상에 모습을 드러냈다는 점에서 이 와인은 신데렐라 와인이라고도 불린다.

프로비던스 프라이빗 리저브는 세 종류로 초기의 것이 메를로 주체의 「프로비던스」였기에 제2의 르팽이라는 이름이 붙었다. 그 외에도 시라즈만을 사용한 「시라」와 다른 하나가 작품에서 나오는 「프로비던스 프라이빗 리저브」이다. 부드럽고 기품 있는 훌륭한 와인이다.

122

뽀므롤? 아니면 생떼미리옹 인가요?

마스터, 이 와인 어디 와인이에요?

그거 다행이군요.

뉴질랜드 라고요?

실은 뉴질랜드의 마타카나 와인이에요.

그 중에도 이 프로비던스는 제2의 르팽이라고 불리고 있죠.

뉴질랜드라고 하면 소비뇽 브랑의 화이트라고 불리지만 최근에는 레드가 주목을 받고 있어요.

헤에….

어려서부터 와인과 가까이 지내다 자신이 정말 마시고 싶은 와인을 직접 만들었어요.

이 와인을 만든 건 변호사인 제임스 베르테치라는 사람이에요.

본인은 자신이 마시고 싶은 와인을 열심히 만들었을 뿐인데 평론가인 스테판 던저가 극찬한 걸 계기로 지금은 신데렐라 와인이 됐죠.

이 와인은 산화방지용 아황산염을 일절 사용하지 않은 신기한 와인이에요.

그것만은 아니에요.

내가 뉴질랜드 얘기만 하니까 아마 마스터가 날 생각해서….

미나코, 미안해.

신고 ….

베르테치 씨가 가장 만들고 싶었던 와인이라고 해요.

프로비던스 중에 이 프라이빗 리저브가

이 와인을 미나코 씨에게 권한 건 다른 이유가 있어요.

카베르네 프랑이 주를 이뤄 슈발 블랑과 거의 같다고 할 수 있어요.

그가 가장 좋아했던 건 사실 슈발 블랑이에요. 그래서 이 와인의 포도 품종의 조성도

마스터는 내가 슈발 블랑을 가장 좋아한다는 걸 기억하고 계셨군요.

프로비던스라는 이름은 그런 생각으로 붙인 하늘의 물방울이라는 의미라고 해요.

와인은 하늘과 땅의 은혜예요. 하늘과 땅은 부부처럼 협력해 훌륭한 와인을 만들어내죠.

하늘의 물방울 ….

....

핫

하늘과 땅은 부부와 같다…

그리고 신고

고마워요…. 마스터

꼭이야.

내년에 나 뉴질랜드에 데리고 가줘야 해.

……?

좋겠다… 젠장~

PART·274 END

꿈의 칵테일

「민트 줄렙(칵테일)」

128

뭘 드릴까요.

물론이죠, 앉으세요.

저기… 여기 앉아도 될까요….

메뉴도 여기 있습니다.

칵테일에 스카치몰트, 와인, 브랜디에 스피리츠

아… 저어….

알겠습니다.

민트 줄렙이요.

민트 줄렙을 만들어 주시면 좋겠는데….

처음 온 주제에 이런 부탁… 실례인줄은 알지만…

네?

앗, 저기 그게 아니고요!

오호, 그런 거였군요.

이걸로 민트 줄렙을 만들어주세요.

제가 키운 민트를 가져왔어요.

가끔 손님처럼 민트를 가져오셔서 민트 줄렙을 주문하는 분들이 계세요.

물론이죠.

가능할까요…

이런 부탁 드려서 죄송합니다.

그런데도 분명한 페퍼민트네요.

호오— 이거 굉장히 부드러워 보이는 어린잎이군요.

페퍼민트

예를 들면 스피어민트로 민트 줄렙을 만들면 쌉싸름하고 두꺼운 잎 때문에 떫어져서 맛이 없거든요.

민트라면 뭐든 상관없다는 분들도 계시지만

식물 연구?

식물 연구소에서 일하고 있습니다.

허브 같은 거 키우는 걸 보니 관심이 많나 봐요?

이, 이게… 바이오테크놀로지로 만든 페퍼민트 인가요.

이런저런 시행착오를 거쳐 2년 만에 배양에 성공했죠.

이 페퍼민트는 바이오 테크놀로지로 제가 만들었어요.

그렇게 고생해서 키웠는데 정말 괜찮으시겠 어요?

잎을 따서 으깨야 하는데

마스터, 이걸로 민트 줄렙을 만들어 주세요.

알겠습니다. 세상에서 제일 맛있는 민트 줄렙을 준비하죠.

드디어 꿈이 이뤄지는 순간이에요. 부탁합니다.

제가 배양한 페퍼민트로 민트 줄렙을 마시겠다는 마음 하나로 지금까지 노력해왔어요.

③ 민트 잎을 장식해 빨대 두 개와 머들러를 곁들인다.

② 크래쉬드 아이스를 채워 버본 위스키를 따르고 글라스에 물방울이 생길 때까지 스테어.

① 어린 민트 잎과 설탕을 텀블러에 넣고 20ml의 물을 더해 잘 녹이면서 민트 잎을 으깬다.

꿈이 이뤄졌네요.

마스터, 정말 맛있어요.

뿌읍

네, 뭐죠?

오카다라고 합니다.

이상한 질문 좀 해도 될까요?

저기… 난 마쓰다라고 해요. 바이오테크놀로지에 대해서는 신문이나 TV 뉴스에서 본 것 정도밖에 모르는데

연구가 발전한 100년 뒤라고 해도 그런 건 절대 불가능해요.

걷는 토마토를 만들 수 있는 건가요?

「유전자 재편성」 이라고 있잖아요? 그럼 동물의 유전자를 토마토에 넣으면

그럼 수박 유전자를 돼지에게 넣으면

수박 무늬의 돼지는요?

그런 비과학적인 소리를 하는 사람들이 가끔 있어서

연구에 방해가 되는 게 사실이에요.

미, 미안해요. 유전자나 클론 같은 단어를 들으면

SF의 「모로 박사의 섬」에 나오는 괴물이 상상돼서…

마쓰다 씨가 식물 바이오테크놀로지를 오해하고 계신 것 같으니

바른 이해를 돕기 위해 설명을 좀 할게요.

지구상에 처음 생긴 식물이 바로 양치식물이에요. 이어 침엽식물의 선조인 목본성 나자 식물이 생겨났고 마지막으로 인간의 식량이 되는 농작물의 선조

초본성 피자 식물이 생겨났죠. 그게 백만 년 전이라고 해요. 그리고 인류의 선조가 생겨나 이 「야생식물」을 식량으로 삼아 생활을 하고 있는 거예요.

그리고 인간은 이 야생식물을 개량해 「재배식물」 즉, 밭이나 논에서 열매를 맺는 식물을 만들고자 오랜 세월 동안 개량을 해왔어요. 그 결과 지금은 전보다 맛있는 쌀이나 단 사과를 먹을 수 있게 된 거죠. 이것도 선조들의 땀과 눈물과 뛰어난 지혜의 결정체라고 생각해요.

새로운 식물을 만들어내는 식물 바이오테크놀로지도 이 연장선상에 있다는 걸 알아주셨으면 합니다.

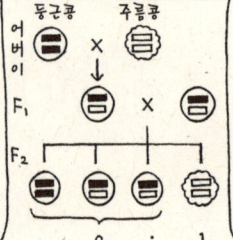

이어 중요한 에폭은 1962년에 노벨 생리의학상을 받은 왓슨과 크릭의 「DNA의 2중나선 모델」이에요.

1865년 오스트리아의 승려이자 식물학자 그레고르 J 멘델은 완두콩의 교배실험의 결과를 정리해 논문을 발표했어요. 그게 바로 「멘델의 유전법칙」이죠.

맞아요. 그 후 유전학, 분자생리학 연구가 세계로 퍼지기 시작해요.

그게 「생명을 만들기 위한 말」 이란 거 맞죠?

그건 학교에서 배운 적이 있어요….

포메이토 라고요…? 맛없을 것 같은데….

토마토가 아니라

1980년대에 언론을 떠들썩하게 한 세포융합에 따른 잡종식물 「포메이토」가 있어요.

툭하면 재미있는 걸 상상하곤 해요.

난 프리라이터 라서

아까 마쓰다 씨 같은 생각이 남발하는 거예요.

바이오테크놀로지 라고 하면 이런 것에만 눈이 가고 언론도 이런 것만 언급해서

우리가 지금 하고 있는 식물 바이오테크놀로지라는 건 바이러스프리 작물이나 곤충저항성이 뛰어난 작물, 그리고 제초제에도 시들지 않는 작물 같은 걸 만드는 연구예요.

그리고 이산화탄소를 효율적으로 빨아들여주는 식물을 만들거나—

이산화탄소를 굉장히 좋아하는 식물이 나타나면 지구 환경에도 도움이 되고 좋겠네요.

거기다 오이나 호박이 하늘을 날아도 인간에겐 아무 도움도 안 되지만

이건 연구를 거듭하면 가능해요.

하늘을 나는 호박은 절대 불가능하지만

알겠습니다. 설명하죠.

제가 궁금한 건 이 페퍼민트는 어떻게 만들었는가예요.

식물 바이오테크놀로지에 대해서는 이제 좀 알았는데

무엇보다 실험실을 무균상태로 만들고 냉동냉장고, 실험대, 회전배양기, 현미경 등 모든 기기도 무균처리를 해야 하죠. 배양하기 위한 작업은 클린벤치로 하고 있어요.

딱 잘라 식물 세포 배양이라 해도 우선은 배양에 적합한 환경 만들기부터 시작해야만 해요.

그 정도로 신경을 쓰지 않으면 자라지 않는 거겠죠.

그렇군요, 씨나 균이 아닌 상대는 세포니까요.

베란다에 꽃씨를 뿌려 키우는 것과는 완전히 다르네요.

히익— 그것만 해도 엄청난데요!

배양지는 물, 무기영양소, 유기영양소, 식물호르몬, 천연물자, 배양지 지지체, PH(수소 이온 농도) 등이 필요해요.

그리고 배양할 용기는 플라스크와 샬레, 시험관, 빈병 등을 사용해요. 배양지 만들기도 심혈을 기울여야 하죠.

한 번 끓인 뒤 식혀서 쓰죠.

그냥 그대로는 못 써요. 칼슘, 염소, 철 외에도 유기물까지 포함돼 있는 경우가 있으니

수돗물은 쓸 수 있나요?

흙이 아니 네요.

여기서 질문, 유전자는 살아있다고 생각하세요?

서두르지 말고 느긋하게 좀 들어요.

세상에— 대체 언제쯤 돼야 유전자나 세포 얘기가 나올까.

단순한 고분자 화합물이에요.

답은 노— 예요. 유전자는 살아있는 게 아닌

유전자가 죽으면 재생 못 하잖아요.

저도 그렇게 생각해요.

물론 살아있습니다.

대학 교수도 반 이상은 살아있다고 대답하니까요.

오해하는 것도 무리는 아니에요.

유전자가 살아있는 게 아니라니!

거짓말—

메스, 핀셋, 바늘 등을 감균해서 쓰죠.

모든 환경이 갖춰졌을 때 정단 적출을 행해요.

세포가 파괴당한 시점에 그 안에 있는 염색체나 유전자의 움직임도 멈춰버리죠.

살아있는 최소 단위는 세포예요.

주의 깊게 배양해 가는 거죠.

두 달 후 결론을 내려 온도, 습도, 빛 등의 조건을 갖춰주면서

보통 2주 정도 후면 초기반응이 보이고 좋고 나쁘고를 판정해

무균조작을 완료한 배양물을 일정 환경에서 배양돼요.

생각해보면 긴 여정이었습니다.

그리고 이 페퍼민트는 2년이나 걸려 겨우 이렇게까지 길렀어요.

‥‥‥!!

그래도 이 맛있는 민트 줄렙으로 그 동안의 피로가 전부 풀리는 것 같아요.

…… 굉장해.

마스터도 마쓰다 씨도 그냥 멍하니 있을 뿐이었습니다.

뿌오ↁ 프ↁ왜ↁ

그렇게 자세히 설명해줬는데 전혀 이해 못하는 마쓰다 씨였습니다.

그날 밤 마쓰다 씨는 무서운 꿈을 꿨습니다. 그건 코끼리 유전자를 배합한 큰 수박에게 쫓기는 꿈이었습니다.

데굴 데굴 데굴

PART·275 END

아스트레아의 천칭

「포츈네이트 라이브라(천칭자리)」

안녕
하세요—!

잘 들어요—

마스터도
안경씨도.

어서
오세요.

100엔 이요.

그래서 그 마권을 얼마에 샀지? 천 엔? 아니면 2천 엔?

오— 축하해.

따습니다, 예이~!!

어제 최종 레이스에서 26,800엔을

마스터, 오랜만이에요.

한잔 쏠까 해서요.

그래서 행복을 나누기 위해 조카와 남자친구에게

100엔 …!

처음 뵙겠습니다.

법률 사무소에서 아르바이트를 하고 있습니다.

타카미자와 켄이치라고 합니다.

소개할게요, 이쪽은 내 소꿉친구인 타카미자와예요.

벌써 사법시험에서 두 번이나 떨어졌는걸, 무리야.

좋기는

켄이치는 변호사가 꿈이에요, 어려서부터 머리가 좋았거든요.

마쓰다 씨 쓸데없는 소리하지 마요.

두 번 일어난 일은 세 번 일어날 수도 있지만.

괜찮아, 원래 뭐든 삼세판 이라잖아.

천칭자리들은 꼭 그러더라.

그렇게 우유부단 하면 못 써.

혹시 안 맞는 거 아닌가 하고….

괜찮아요. 저도 요즘 계속 고민이에요.

변호사가 내 천직이 아닐까 하고….

변호사 배지가 천칭 모양이란 걸 알고 이거다 싶었거든요.

네, 제가 그런 걸 좀 잘 믿어서…

타카미자와 씨, 천칭자리 세요?

그러니까 같이 힘내자.

그래, 켄. 초지일관 몰라? 나도 편집장님이 와인 기사를 맡긴다고 하셔서 앞으로 열심히 공부해야 해.

그 우룡차와리나 졸업해주면 좋겠는데….

경마 친구가 되기 전에

아저씨 둘도 경마로 사이좋게 힘내볼까요?

네? 안경씨?

젊으니까 참 좋다~

지하 와인 셀러까지 같이 좀 가줄래요?

마쓰다 씨, 잠깐

……

걱정 마요, 그런데 이걸 어쩌려고요?

그래서 마쓰다 씨가 도와줬으면 해요.

이건데요… 와인이 12병이나 돼서 혼자 들고 가기엔 계단이 좀 벅차거든요….

12병
이나…?

젊은 두 사람에게
내줄까 해서요.

두 분께 어느 와인을
소개하고 싶은데
그 전에…

천칭은 영어로
밸런스잖아요.

변호사는
공평해야 한다는
의미 아닐까요?

아세요?

타카미자와 씨,
변호사 배지가
왜 천칭
모양인지

144

타카미자와 씨의 별자리, 즉 천칭자리는 그리스 신화에서 말하는 아스트레아가 들고 있던 천칭이에요.

천칭자리

실은 좀 더 역사적인 의미가 있어요. 그리스 신화에서 온 거죠.

천국과 지옥으로 보냈다고 해요.

아스트레아는 이 천칭으로 곡물을 평등하게 분배하고 또 사람이 죽으면 그 심장을 달아 선악을 판단해

사람들에게 정의를 가르쳐주던 아스트레아는 무기와 전쟁이 시작된 동의 시대에 절망해 천칭을 들고 천계로 떠나버렸어요.

신과 사람이 공존한 평화로운 금의 시대나 빈부의 차가 생긴 은의 시대에도

덧붙여 재판관의 배지는
거울이라고 하는데
그건 진실을 비추는
거울이라는 의미겠죠.

그 신화를
바탕으로
변호사 배지는
천칭 모양이
된 거예요.

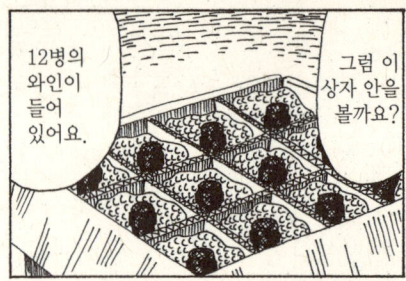

12병의
와인이
들어
있어요.

그럼 이
상자 안을
볼까요?

왠지 무척
감동
했습니다.

요즘
시대에도
생각하게
만드는
신화네요.

포츄네이트라는 이름이
붙은 지역 와인인데
몇 개나 되는 상을 받은
훌륭한 와인이에요.

각각이
단일 포도 품종으로
만들어졌어요.
우선 그 중에 하나,
천칭자리 와인을
열어보죠.

왜 12병인가 하면
한 다스가 아닌
12 별자리의 이름이
붙어서 12병이죠.

포츄네이트 라이브라(천칭자리)

포츈네이트 라이브라(천칭자리)〈메모〉

프랑스의 여성 샤또 오너회의 주최하는 콜린 번 여사가 부르고뉴 와인상 파데 크레만사와 협력해 기획한 와인.

12 별자리의 그림을 각각의 라벨로 만들고 그리스 신화나 별자리 점과 그 별자리에 태어난 사람의 개성을 생각해 프랑스 포도 품종과 잘 맞춰냈다.

즉, 단일품종으로 만들어진 12개의 와인이 한 세트가 된 것이다.

이 포츈네이트는 뱅 드 페이 드 오크(오크 지방의 지역 와인)지만 무척 훌륭한 완성도로 몽드 셀렉션에서도 금상을 수상한 바 있다. 가격 면에서도 코스트 퍼포먼스가 뛰어난 와인이다.

뽀므롤의 명주에 사용되는 품종으로 비단 같은 느낌과 균형이 잘 잡힌 게 특징이죠.

이 천칭자리 와인의 품종은 메를로예요.

다음 사법고시도 열심히 해보겠습니다!!

맛있어요. 좋은 이야기를 듣고 맛있는 와인을 마시니 용기가 샘솟네요.

그래서 천칭자리 인가?

균형이 잘 잡혔다고요?

케이론은 아폴론과 아르테미스에게 사랑받으며 현명하게 자랐죠.

사수 자리의 주인공은 활쏘기의 명수인 켄타우로스족의 케이론이에요.

난 사수자리인데 내 신화도 말해줘요.

148

포츈네이트 사지테르(사수자리)

자, 이거예요.

그래서 치요코 씨가 뭔가 지식을 습득하는 걸 좋아하는지도 모르겠네요.

사랑받고 현명하다니~ 사수자리라서 다행이야.

보틀도 보고 싶어요.

포츈네이트 리옹(사자자리)

포도 품종은 샤르도네예요.

난 사자자리인데 어때?

신화보다 포도 품종이 궁금한데….

사자자리는 영웅 헤라클레스와 사흘 밤낮을 싸워 진 라이온이에요.

제우스가 그 힘을 칭송하며 별자리로 만들었죠.

149

황금 사자에
딱 맞는
품종이니까.

샤르도네
라고 하면
화이트의
왕
이잖아?

왜
샤르도네면
기쁜데요?

오오,
샤르도네~
이거
기쁜걸.

그럼요,
있죠.

마스터,
난 게자리인데
신화 있어요?

다음은
내 차례
인데….

다들 좋은
얘기만
나오네…

아미모제
늪에 사는
괴물 게예요.

게자리의
주인공은
…

게자리
신화는
뭐예요?

다행
이다.

괴…
괴물 게!!

친구가
바다뱀?

잠깐만요.

친구인
바다뱀 히드라가
헤라클레스에게
······.

구해주러 온 게는
헤라클레스의
다리를 공격했지만
밟혀죽고 말았죠.

그래요,
친구인 바다뱀이
헤라클레스에게
당하기 직전에

뭐··· 뭐예요,
왜 나만
그 모양이야···.

그래서
게자리 사람들은
정이 깊다고들
해요.

대신 제우스가
그 우정의 의미로
별자리로
만들어 줬으니까.

마쓰다 씨,
그렇게
슬퍼하지
마요.

정 하나만으로 살아갈 것을 맹세합니다.

나 마쓰다, 앞으로도

이제야 이해가 되네.

그래~ 정이 깊구나.

포츄네이트 칸세(게자리)

마쓰다 씨를 위해 이번엔 게자리의

소비뇽 블랑을 열어 볼까요?

흐음, 게자리는 소비뇽 블랑인가.

즐겁게 하나씩 마시다 보면…

이렇게 이야기를 하며

아니면 사자자리의 샤르도네?

152

153

사자자리는 그르나슈네, 스파이시한 향이 아주 좋아.

음!

제겐 잊을 수 없는 와인이 될 것 같아요.

천칭자리의 메를로.

왜냐고 하면 게는

게가 제일 맛있다 고요!!

역시 게죠, 게.

또 만마권을 따내고 말겠어!!

양손으로 브이~ 잖아요?

PART·276 END

PART.277

26년만의 선물

「카나 텐세츠 유유(加那伝説 悠々)」

네—

딩동—쿵

오카다 씨,
택배 왔습니다—
도장이나 사인
부탁합니다—

보낸 사람이
없네….

어?

이건…
혹시…

니시히라 주조
카고시마현
나제시……

술인가
…

카나
텐세츠
유유…

오카다 씨,
어서 오세요.

안녕
하십
니까.

158

안녕
하세요.

마쓰다 씨에
안경씨까지
다 계셨네요.

안녕
하세요.

뭐죠?

오늘은 마스터에게
보이고 싶은 게
있어서….

흐음,
이건….

이건데
말이죠….

보낸 분
이름이
없다고요?

누가
보냈는지
쓰여 있질
않아요.

오늘 이게
택배로
왔는데

159

카나 텐세츠 유유(加那伝説 悠々)

카나 텐세츠 유유 〈메모〉

나리타 신공항이 생긴 1978년, 나제시의 니시히라 주조에서 증류된 흑설탕 소주인 고주(古酒)이다. 현재와 가장 다른 점은 그 증류 방법으로 당시에는 장작을 태워 직화로 천천히 행하였다고 한다. 2년 동안 나무통에서 재우고 그 후 탱크에서 오랫동안 숙성시켜왔다. 그 동안 40도였던 원주는 현재 34도가 됐다.

아마미의 흑설탕 소주는 쇼와 28년에 그 원료에서 스피리츠로 분류되었다고 하나, 쌀누룩을 사용하는 본격 소주로 분류되어 낮은 주세酒稅의 은혜를 받을 수 있게 됐다.

「카나 텐세츠 유유」는 장기 숙성으로 인해 향기가 달콤하고 풍부하다. 또 걸쭉한 감촉에 희미한 나무통의 풍미를 느낄 수 있는 실로 뛰어난 맛이다.

최근 들어 소주가 인기를 끌면서 고구마 소주까지 말도 안 되게 비싸게 팔곤 하는데 이건 정말 좋은 술이에요.

흑설탕 소주인 고주네요.

……

보기에도 비싸 보이는 보틀이네요.

흑설탕 소주인 고주라….

다만 내 추리가 맞는지 어떤지는 마스터의 판단에 맡기고 싶군요.

아니, 짐작 가는 데가 아예 없는 건 아니에요.

없으신가요?

그래서… 누가 보냈는지 짐작 가는 데는

난 대학을 떨어져 무척 상심해 있었어요.

꽤 오래 전 얘기예요.

일단 들어보죠.

야마구치 모모에의 「멋진 날 여행을 떠나자」가 말이에요. 난 갑자기 여행을 떠나고 싶어져서 돈도 얼마 없이 집을 나섰어요.

그때 TV에서 그 노래가 들려왔죠.

이름이… 그래요, 나카마 키미에 였어요.

아르바이트를 하며 여행을 하다 아마미오 섬의 나제에서 어느 여자를 만났어요.

젊은이들 사이에서 히치하이크가 유행이었죠?

그리고 보니까 그 무렵

그리고 본가의 전화번호를 알려주고 도쿄로 돌아왔는데…

나는 그녀와 장래를 약속했죠.

여행지 에서의 사랑… 인가요….

그녀와의 약속을 지키지 못했어요.

다음 해 나는 대학에 붙었고 마음이 들뜨는 바람에

아니, 잊은 줄 알았습니다. 그런 아내도 3년 전 병으로 죽고 지금은 쓸쓸하게 혼자 살고 있죠.

그리고 나는 취직해서 결혼을 하고 그녀를 까맣게 잊고 있었죠.

그리고 오늘 이 술이 온 겁니다.

그 분이 보낸 게 분명해요!

틀림없네요!

163

분명한 증거가 두 개나 있다고요.

마쓰다 씨는 조용히 있어요!

마스터— 그렇게 딱 잘라 말해도 괜찮겠어요?

그렇다면.

다른 하나는 연대예요.

하나는 술 이름

카나란 아마미오 말로 사랑하는 사람이라는 의미예요.

「오오시마의 일생」이라는 노래를 보면 「카나도 이제 시집 갈 나이」라는 가사가 있거든요?

우선 카나라는 술의 이름이에요.

그리고 야마구치 모모에의 「멋진 날 여행을 떠나자」도 1978년 노래예요.

다음은 연대예요. 이 술이 증류된 건 1978년, 즉 26년 된 고주란 거죠.

그분은 오카다 씨를 원망하는 게 아니에요.

그 증류 년도를 알고 그분은 오카다 씨와의 멋진 추억을 보내주신 게 분명해요….

이 술은 최근에 발매된 것이에요.

단지 제 추리로는 오카다 씨의 본가에 전화를 걸어 주소를 물어보지 않았을까 싶은데….

그건 저도 잘 모르겠네요.

그럼 왜 보내는 사람의 주소나 이름을 쓰지 않았을까요?

이 술은 잠시만 맡아줄래요?

고마워요, 마스터. 오늘은 이만 가볼게요.

그때 감사히 마실까 합니다.

용서를 받아주면

용서를 빌어야 겠어요.

어떻게든 그녀에게 연락을 해서

다음 날 저녁

거기다 26년 고주니까 틀림없이 맛있을 거예요.

쌀누룩을 사용해서 주세법상 유리한 소주이긴 하지만 실제로는 럼과 같아요.

흑설탕 소주는 사탕수수로 만든 술이에요.

어떤 맛일까요?

마스터~ 어제 그 술 말인데요

안녕하세요.

어떤 맛일까요.

나도 아직 마셔본 적이 없어요.

내가 너무 앞서갔더군요.

그래서 용서는 받으셨어요?

어제 본가로 연락해 확인했어요, 전화번호도.

나카마 키미에 씨와 연락이 됐습니다.

남편은 세상을 떠났다고 했지만….

무척 밝았어요. 결혼해 아이도 일곱이나 낳고 나보다 훨씬 행복해보였습니다.

즐거운 추억 정말 고맙다고….

그녀가 내게 이러더군요…

이건 두말할 것 없는 일본의 럼이네요.

맛있어!!

흑설탕이 원료라기에 좀 더 무거운 맛을 상상했는데……

알아요.

술 음치 마쓰다 씨도 이 맛을 알려나?

완벽한 코멘트였어, 마쓰다 씨.

이거 못 당하겠는걸.

부드러운데도 깊이가 있어요.

희미하게 달콤하고

하하

하하하

이제 술 음치란 소리는 못 하겠죠, 안경씨?

PART·277 END

PART.278

길을 떠나는 날에

「토리카이(鳥飼)」

앞으로 어떤
훌륭한 것이
출토될지
기대하며
기다려보자….

지금은
아직 발굴
도중

마쓰다
씨의
아파트

마감 아슬아슬하게
끝냈습니다~

후아~ 끝났다,
끝났다.

아침이네…
오랜만에 밤까지
새고….

드르르륵

가볍게
산책이라도
하고 잘까….

원고를 마무리 한
후에는 어차피
흥분에 잠도 잘
안 오니까…

바람도 없고
오늘도 날씨
좋겠는 걸….

172

173

174

*이소진(イソジン) : 포비돈 요오드가 들어간 가글액

엄청난 사건에 휘말리고 말았어.

하아 하아

밤새 일해서 안 그래도 기운 없는데…

아저씨가 어딜 갔지?

어?

아저씨!! 이소진 가져왔어요!!

앗…

빨리 가져와.

어이— 여기야.

이게 있으면 반드시 괜찮아질 거야.

오오, 그래!

含嗽剤(うがい剤)
イソジン
30
成分: 1ml
(有効)
製造番号 ADG

여기 이소진 이요.

실례하겠 습니다—

*이소진

176

날개 쪽 상처가 심해….

그래, 쓰라리겠지만 조금만 참아라~

이소진? 가글액인데

그런데 발라도 돼요?

자네 모르는구만. 외과의가 수술할 때도 이 이소진을 몇 배로 희석해서

수술 장갑 같은 걸 소독하는데 쓴다고.

이 황조롱이도 반드시 건강해질 게야.

자네의 이소진 덕분에

헤에— 몰랐어요.

이소진은 아주 훌륭한 소독약이지.

왠지 기분 좋네요.

새벽부터 뛰느라 고생은 했지만

제가 생명의 은인…

자네는 생명의 은인이야.

날아줄까요?

괜찮아,
날 수 있어!!

정성 가득한
간호 덕분에
황조롱이는
건강해졌다.

그리고
일주일이
지났다.

가라!!

푸득

푸득

잘 가라,
까마귀 조심하고.

날았
네요.

……

다행이야,
정말
다행이야.

하라 씨,
수고하셨
어요.

x

178

그건 왜죠….

그 새가 황조롱이였기 때문에 그렇게 필사적으로 치료한 거야.

떨어진 새가 만약 까마귀였다면 난 도와줬을까 어땠을까….

그런데 왜 도시의 공원 같은데 있었던 걸까요.

옛날엔 마을에 그런 거 없었어.

황조롱이는 매목과에 속하는 맹금류야.

환경이 …

왠지 나와 비슷해.

어쩔 수 없이 살기 어려운 도시에서 살게 된 거야.

숲의 벌목 같은 것들 때문에 살 곳을 잃고

……

그게 나와 다른 점이지. 내가 돈을 벌러 나온 사이에 우리 마누라는 도망을 쳤으니….

그리고 또 다른 이유는, 맹금류는 한 번 맺어지면 평생을 그 상대와만 산다고 하더구만.

공원에서 구해준 그 새 말이군요.

하라 씨랑 황조롱이 완쾌 축하를 하고 싶은데.

마스터, 황조롱이와 연관된 엄청 맛있는 소주 없어요?

그건 정말 맛있어요.

쿠마모토의 소주 중에 「토리카이」라는 게 있는데

황조롱이라 하면….

맛있는 소주는 많지만

「토리카이」
라~ 좋네요.

그래요,
그걸로
할래요.

「토리카이(鳥飼)」

마쓰다 씨가
사람이 아닌

새를 구해준
것에 대한
나의
선물이에요.

마스터 말대로
이 소주 참
맛있네요.

향이 정말
좋아요.

나 여지껏 살면서
좋은 일이라고는
없었는데

오늘은 좋은
날이구만.
황조롱이도
건강해지고
이런 맛있는
술도 마시고.

녀석 지금쯤
뭐하고
있을까요.

이렇게 기분이
좋은 건
참 오랜만
이야.

거기다 술 이름도
참 좋구만,
「토리카이」라니.

……

그러게…

PART.278 END

PART.279

웃지 않는 전하

「조니 워커 블루 라벨」

히가시야마, 너 요즘
용건도 없으면서
총무과에
자주 오더라.

동기인 네가
있으니까
그렇지~

역시
그랬구만!

앗,
움찔
했다!

수상해… 혹시 찍어둔
여자라도 있는 거 아냐?

184

마츠모토라면 그 마츠모토 나오코?

마, 마츠 모토!!

마츠모토라는 아가씨가 내 타입 이더라고…

사실은 네 말이 맞아.

남자친구 있어?

안 돼, 그 사람은 관둬.

응, 그 마츠모토 나오코 씨.

그 사람 아버지가 문제야.

아냐.

벌써 결혼했어?

그게 아니라….

그 마츠모토 상무.

그래.

그 마츠모토 상무님?

그 사람 마츠모토 상무님 딸이야.

그래도 성실하고 근면해서 회사 밖에서도 인망이 두텁다고 들었는데….

목소리가 얼마나 큰지 떠올리는 것만으로도 오싹하다니까….

바로 며칠 전에도 우리 과장님 엄청 깨졌거든.

응, 그분 덕분에 회사 풍토가 잘 잡혀있다고 그러는 거 들었어.

마츠모토 상무님은 흔치 않은 전문가 중 하나니까.

그건 그래… 대주주 임원들이랑 가족 연줄로 들어온 임원들이 많은 우리 회사에서

웃지 않는 전하야.

뭐라고?

그래도 젊은 애들이 상무님을 뭐라고 부르는지 알아?

그 얼굴은 절대 흔들리지 않는 폴리시 그 자체지….

실력만으로 그 자리까지 올라간 사람이야.

하긴 인상이 무섭긴 하니까….

웃지 않는 전하…

「자네 술은 마시나」라며 갑자기 말을 건대.

엘리베이터 안이나 로커에서 스쳐지나가는 젊은 사원들에게

이상한 버릇?

거기다 그 상무님 이상한 버릇도 있잖아.

지금까지 말도 섞어본 적 없는 엄청난 사람이랑.

그야 뻔하지~ 상무님이랑 술 마시러 가야지 뭐.

그래서 어떻게 되는데?

「그럼 오늘 6시 일 끝난 후 로비에서 기다리게」라고 딱 한 마디.

「네」라고 하면

그렇게 무서운 아저씨랑 술 마시는 게 뭐가 재미있겠냐!!

바보야— 그래서 넌 물러 터졌다는 거야.

그럼 됐지 뭐.

어차피 돈은 그쪽이 낼 거 아냐.

보통 문제가 아니라고.

이건 엄청난 일이야.

거시기까지 떨어져 나가는 줄 알았대.

갑자기 「멍청하긴!!」라며 소리치는 바람에

회사에 불만은 없는지 물어보기에 없다고 했더니

상무님이랑 마신 인사부 야마다한테 들었는데

소중한 딸에게 집적댔다가는 그 상무님한테…

마츠모토 나오코, 그 사람 외동딸이야.

그 마츠모토만은 관두도록 해.

내가 더는 말 안 할게.

그렇게 무서운 사람이 아버지일 줄은 몰랐네…

큰일이네…

겁 주지 마.

무슨 일을 당할지 알겠지?

그래서구나… 개발팀 사람들이 헐떡거리며 갑자기 영업부로 들어온 것도.

사사삭 화장실로 도망친다니까.

그래서 난 회사에서 상무님이 보인다 싶으면

그래서 상무님한테 잡힐 것 같으면 다들 도망부터 치고 보는 거야.

젊은 사원들 사이에는 소문이 쫙 퍼졌거든.

「무슨 일이시죠?」라고 물으니까 「마츠모토 상무님이 저기 계신 것 같아서요」라지 뭐야.

마스터, 허버 한잔 더 주세요.

…………

바보야! 너랑은 말이 안 통해서 안 되겠어!

젊은 사원들과 한잔하고 싶은 것 뿐인데 다들 그렇게 피하고…

얘길 들으니 상무님이 불쌍해.

그때 소문의 주인공과 엘리베이터 앞에서 딱 마주친 것이다!!

며칠 전 레몬하트에서 츠루오카와 그런 이야기를 한 후의 일이었다.

좋은 아침.

상무님, 안녕하십니까.

…………

바쁘다고 할까…

이제 물어볼 텐데… 어쩌지? 「술은 못 마십니다」라고 할까…

……

어째서? 안 물어 보네?

……

응?!

오늘 엘리베이터는 유난히 느리군.

……

츠루오카가 말한 게 헛소문이었나? 왜지?

괜찮을까요? 상무님과 한 번 술자리를 가졌으면 하는데

응? 상무님!!

괜찮은 BAR를 알고 있습니다. 같이 가주십시오. 영업 2과의 히가시야마 라고 합니다.

자네는? 어느 과의… 이름은 뭐지? 흐음…

190

좋네,
그러지.

괜찮으시다면
오늘 여섯시
로비에서
기다리겠습니다.

계단으로
가겠습
니다.

엘리
베이터가
왔는데.

히가시야마라…
별난 친구군.

내가 말을 걸까 봐
다들 도망치느라
바쁜데

어떻게든
되겠지 뭐.

이 바보 중의 바보를
봤나! 이런 바보가
또 있을까!

뭐? 네가
상무님한테
말을 걸었다고?

마음에 들어.

흠, 이거 꽤
괜찮은 가게구만.

고맙습니다.

마스터, 소개할게요. 우리 회사의 마츠모토 상무님이세요.

마츠모토입니다. 우선 기네스부터 부탁합니다.

알겠습니다.

뭐든 차게 하면 된다고 생각하는 가게들이 많던데.

오오, 별로 차갑지 않아서 좋군요.

다들 도망친다는 걸 알고 계셨습니까?

그런데 히가시야마라고 했던가? 내가 말을 걸까봐 다들 도망치기 바쁜데

자네가 나한테 말을 건 데는 뭔가 이유가 있겠지?

그럼 왜 저에겐 말을 걸어주지 않으셨죠?

그야 알지.

민폐란 걸 알면서도 그랬던 건 젊은 친구들과 대화를 하고 싶어서였네.

아무 말씀 안 하셔서 제 쪽에서 부탁을 드리기로 용기를 냈습니다. 상무님은 어떤 분인지 함께 술을 마셔보고 싶었거든요.

저는 상무님이 말씀해주시기를 기다렸는데

이제 그런 짓은 관두기로 했네.

다들 부리나케 도망치는 걸 보고

자네는 어떤 음악을 좋아하나?

그런데 어떤 사람이냐고 해도……

알았네.

그랬군.

그게 바로 이유입니다.

딕시랜드도 나쁘지 않지만 특히 모던 재즈를 좋아하지.

그렇군… 나는 재즈를 각별히 좋아한다네.

예를 들면 빌리 조엘이나 스티비 원더도 무척 좋아하고요.

저는 팝송을 좋아합니다…….

네?

자네에게 물어보고 싶은 게 있네만 아름다운 연주는 마음이 아름다운 사람만 할 수 있다고 생각하나?

194

예를 들면 나치 장교 중에 명 피아니스트가 있었던 게 그 증거라거나….

아니면 음악, 그림 등 예술은 인간성과는 별개라고 생각하나?

실은 예전에 읽은 어느 책을 계기로 계속 생각하게 됐네.

응, 나도 아직 잘 모르겠네만…

솔직히 어려워서 전 잘 모르겠습니다.

그걸 권해드리고 싶은데….

지금 그 말씀을 듣고 떠오른 위스키가 있습니다.

핫

그게 뭔지 궁금하군요.

지금 얘기에 떠오른 위스키?

195

조니 워커 블루 라벨

조니 워커 블루 라벨 〈메모〉

1820년 창업한 조니 워커 사가 자사의 스카치를 팔기 시작한 건 1880년, 빨간색에 검은색 라벨이 탄생한 게 1908년으로 바로 이때 그 유명한 멋쟁이 신사 마크(스트라이딩맨)도 탄생했다.

블루 라벨은 비장의 고주를 브랜드한 프리미엄으로 19세기의 보틀을 재현한 파란 보틀이다. 주요 몰트는 카듀 로열 로호나가, 모트락, 카리브 등이지만 꼭 짚고 넘어가야 할 것이 1923년에 증류된 지금은 없는 오우프터튜르 증류소의 환상의 몰트가 들어있다는 점이다.

달콤함 속에 희미하게 스모키한 향기가 나는 술로 흠잡을 데 없는 맛있는 절품이다.

실은 파란색이 조니에서 최고급품입니다.

흐음······ 조니 워커에 파란색이 있었나.

바다를 바라보던 조니, 마스터도 그걸 읽었군.

파란 조니··· 그래, 마스터가 이걸 내 놓은 의미는 알았네.

베트남 전쟁에서 사람을 죽이고 만 조니는 인격이 더러워진 자신은 이제 아름다운 연기를 할 수 없다고 믿어요.

히가시야마 씨가 이해를 못 하니까 제가 설명을 덧붙이겠습니다. 이츠키 히로유키 씨의 소설 중에 「바다를 바라보던 조니」라는 게 있어요.

믿을 수 없게 돼버린다는 슬픈 이야기예요.

그런데 조니는 그 일로 재즈 그 자체를

그건 무척 훌륭한 연주였지.

그래… 하지만 요코스카에서 일본인 소년을 위해 연주를 하게 되네.

설교는 다음으로 미룸세.

히가시야마, 좋은 BAR에 데리고 와줘서 고맙네.

그리고 그 감정을 계속 품어왔지….

나는 젊어서 이 소설을 읽고 감동의 눈물이 그치지 않았네.

용기를 내어 무서운 상무님을 모시고 와준 히가시야마 씨를 위해 건배.

오늘은 파란 조니로 마음껏 웃고 싶은 기분이야.

진짜 날 모르는 녀석은 마음대로 떠들라지.

앗, 웃었다!! 상무님의 별명 아세요? 「웃지 않는 전하」라고요.

PART.279 END

BAR
LEMON
HART

PART.280

샴페인의 색

「마크 에브라 로제 브뤼」

「러브러브」라고
해주세요.

촌스러우시긴~

그런데 넌
그 여자한테
홀딱 반했잖아.

헤벌레
하고
있어요.

네, 네~
옳으신
말씀
입니다.

아… 표현이
점점 더
촌스워지네.

잘난 척은~
어쨌든 그 사람한테
헤벌레~ 한 건
맞잖아.

남자라면
뭔가
작전이라도
세우든 해.

한심
하긴.

거기다 난 좀
소심해서….

그런데 그 친구가
우리 회사 접수처의
얼굴이라 라이벌이
엄청나요.

몽달
귀신?

마스터도
마찬가지면서!

흥! 아직까지
몽달귀신인 건

마쓰다 씨,
그 나이 돼서 남 일에
참견하기 전에
자기 일부터
생각하는 게
어때요?

나한테 어울리는 건 교양 넘치는 숙녀라고요!! 숙녀!!

무슨 상관이에요!! 난 이제 어린 아가씨 같은 거 노리지도 않는데.

요즘 젊은 아가씨들은 그런 말 안 써요.

또 고릿적 단어가 나왔네요.

네….

그보다 마스터, 제 얘기 좀 들어주세요.

선배, 의논할 게 있는 건 나예요. 그러니까 얘기 좀 하게 해줘요.

실은 어제 말이죠….

지금 얘기한 친구 이름은 요시다 모모코라고 하는데…

그러고 보니 그렇네. 색이 들어간 건 안 된다는 암묵의 룰이라도 있는 걸까?

샴페인에는 로제도 있는데 그건 왜 안 내는 걸까?

타카하시, 결혼식에 나오는 샴페인은 흰색이잖아?

그러더라고. 호텔에서 일하는 친구한테 물었더니

하긴 로제가 비싸긴 하더라.

그랬구나~

실은 단순히 가격이 비싸서 그렇대….

핑크색을 고집하는 이유라도 있어?

난 있지~ 핑크색 웨딩드레스에 핑크색 샴페인으로 건배하는 게 어려서부터 꿈이었어.

그 친구랑 저녁에 로제 샴페인을 마셔봤거든?

그래서…

그래, 그래.

복숭아 색이라서 핑크구나.

내 이름이 모모코 (桃子) 잖아.

전혀 다르지 뭐야?

색이… 내가 상상했던 핑크색 이랑

왜?

조금 실망했어.

샴페인은 맛있었는데

헤에…
그렇구나
….

그런데 친구 말로는
좋은 로제 샴페인은
그런 색이래….

…….

그런 샴페인
어디 없을까?

예쁜 핑크색에
맛있고 저렴한

그랬
군요.

그렇게
된 거예요.

양파
껍질…
이요?

양파껍질
같은 색이긴
해요.

확실히
로제 샴페인
색은
핑크라기보다

하지만 색만 진하게 하면 맛의 균형이 깨지기 마련이니까요.

만드는 법에 따라서는 처음부터 흐린 색도 만들 수 있지만 보통은 로제 와인에 레드를 더하거나 해요.

혹시 시장엔 없지만 여기엔 있다, 그거예요?

뭐예요? 일반적으로 라니.

일반적으로 는요.

없다는 거예요?

그럼 예쁜 핑크색에 맛의 균형도 훌륭한 맛있는 로제는

예쁜 핑크색 샴페인은 유감스럽게도 없어요.

로제 샴페인은 여기도 나름 많이 구비돼 있지만

시끄러, 널 위해 질문해주고 있잖아.

시장이라니… 시장에서 무슨 와인이에요.

카바 라고 요…

샴페인이 아닌 스페인 카바예요.

로저 구라트라는 예쁜색의 로제가 지금 있긴 한데

*카바(かば) : 하마라는 뜻도 있다

이게 어디가
하마예요!!

선배!!

어차피
*하마 같은
얼굴일 거 아냐.

카바면 뭐
어때?

둘이서
「사랑의
연가」를
불렀답
니다.

그룹으로
간 거지?

노래방에도
가고…

앗, 엄청
귀엽네!

괜찮은 게
있어요.

타카하시 씨,
지금 여기엔
없지만

앗, 소중한
사진을!!

흥이다!

난 그런
소리
안 들려.

부탁합니다!

정말이요?

그걸 찾으면
연락 드릴게요.

209

왠지
두근두근해
….

조금만
기다려
주세요….

이제
조금만
있으면
알맞은
온도가
될 테니

오늘 낼
샴페인은…

알짜지식이라고
할 정도의 것은
아니지만

그럴 속셈이죠,
마스터?

어차피
그 사이에
알짜지식을
살짝

……….

프랑스와 일본
양국의
젊은 청년 덕분에
손에 넣을 수
있었어요.

그런데 요즘은
자기 밭을 갖고 수작업으로
좋은 샴페인을 만드는
작은 하우스가
늘어가고 있어요.

샴페인은 원래
손이 많이 가는 술로
좋은 건 큰 회사에서밖에
못 만든다고 이야기되어
왔어요.

211

마크 에브라 로제 브뤼

마크 에브라 로제 브뤼〈메모〉

1963년 창립된 가족 경영의 작은 샴페인 하우스가 마크 에브라이다.
2대째의 장 폴이 1993년부터 뒤를 이어 품질 좋은 샴페인을 만들어내고 있는데, 루미아쥬까지 수작업으로 행해 그야말로 수제 레코르탕—마니퓔랑이라고 할 수 있다.
이 로제 브뤼는 피노 노와르 50%, 샤르도네 50%로 만들어져 꼭 짙고 넘어가야 하는 것은 그 색으로 플루트 글라스에 따르면 선명한 핑크 속을 작은 기포들이 떠오르는 모습은 정말 아름답다.
마셔보면 프루티함 속에 희미한 이스트 향이 돌아 상큼함과 달콤함과 신 맛의 균형도 좋고 무척 맛있는 샴페인이다.

오오!

정말 아름다운 핑크색이에요.

응, 진짜 예쁘다.

건배~!!

그럼 건배
할까요.

호로록

이거 너무
맛있는 거
아니에요,
마스터?

이런
이런─

맛있
어요!!

내 얘긴
참아줘요.

오늘의 주인공은
저쪽이잖아요.

인생이
풍요로워질 것
같지 않아요,
마쓰다 씨?

우롱차와리는
관두고
가끔 이렇게 좋은
술을 마시면

맛과 색은 두말 할 것 없이 통과지만 문제는 가격이네요.

로제 샴페인에 대해 들은 바로는 꽤 비싸다고 하던데—

결혼식에서 많은 하객에게 내도 괜찮을 정도죠.

가격도 리즈너블해요.

이걸로 하고 싶어요.

결혼식 샴페인은 꼭

그럼 안 되는데….

네?!

우물쭈물하다가는 다 팔려버릴지도 모르거든요.

하지만 문제는 재고예요.

PART.280 END

BAR 레몬하트 ㉑

초판 1쇄 인쇄 2015년 3월 20일
초판 1쇄 발행 2015년 3월 25일

극화 : 후루야 미츠토시 〈패밀리 기획〉
번역 : 이기선

펴낸이 : 이동섭
편집 : 이민규
디자인 : 고미용, 이은영
영업 · 마케팅 : 송정환
e-BOOK : 홍인표
관리 : 이윤미

㈜에이케이커뮤니케이션즈
등록 1996년 7월 9일(제302-1996-00026호)
주소 : 121-842 서울시 마포구 서교동 461-29 2층
TEL : 02-702-7963~5 FAX : 02-702-7988
http://www.amusementkorea.co.kr

ISBN 978-89-6407-930-0 17830
ISBN 978-89-6407-145-8 17830(세트)